Maki Minami

# SPECIAL A

1

# *Sommaire*

S·A
ÉPISODE 1

J'HABITE CETTE RUE COMMERÇANTE AVEC MON PÈRE, UN CHARPENTIER QUI TIENT UNE PETITE SOCIÉTÉ DE CONSTRUCTION, MA MÈRE ATTENTIONNÉE ET MON GRAND FRÈRE
C'EST ICI QUE NOUS VIVONS
PAPA ! J'Y VAIS !
BIEN, MA FILLE ! COURAGE !!
COMPTE SUR MOI !
JE M'APPELLE HIKARI HANAZONO ET J'AI 15 ANS
BONJOUR HIKARI !
BONJOUR MADAME !
C'EST MOI QUI AI INSISTÉ POUR ALLER DANS CE LYCÉE AFIN DE BATTRE UN CERTAIN MEC !
TU VAS VOIR MES RÉSULTATS AUX PROCHAINS EXAMS !
MA VIE SE PARTAGE ENTRE CET UNIVERS...
HÉ ! HIKARI !
SALUT !

ET CELUI-CI...
DONG
DONG
LYCÉE PRIVÉ HAKUSENKAN
DONG
L'UNIVERS DE MON LYCÉE
PFF
C'EST GRAVE TOUTES CES VOITURES
C'EST TOUS LES JOURS LE DÉFILÉ !
TIENS ! C'EST HIKARI HANAZONO, DE LA S.A !
JE SUIS ENTRÉE DANS CE LYCÉE UNIQUEMENT POUR BATTRE QUELQU'UN
TAP
TA

BONJOUR, MADEMOISELLE !
DITES DONC...
CE LYCÉE EST TRÈS SPÉCIAL
TOUS LES MATINS, JE VOUS LE DEMANDE, SOYEZ NATURELS !
MAIS... NOUS ADMIRONS TELLEMENT LA S.A
LÀ N'EST PAS LA QUESTION !
ALLEZ ! MARCHEZ NORMALEMENT !
ET TOI ? AVANCE PLUTÔT !
AH ! C'EST KEI TAKISHIMA DE LA S.A !
BLA—
BLA—
BLA—

ET VOICI LE MEC EN QUESTION, KEI TAKISHIMA
HÉ HÉ
MISS N°2 ♡
2E DE LA PROMO
1ER DE LA PROMO
GLOUPS
C'EST MON RIVAL
GRRR
TU EN FAIS UNE TÊTE !
NE M'APPELLE PAS COMME ÇA !
NOTRE LYCÉE RASSEMBLE L'ÉLITE, IL EST LE MEILLEUR DE LA PRÉFECTURE
MEILLEURE CLASSE DE TOUT LE LYCÉE ET EST APPELÉE...
LA CLASSE SPECIAL A, EN ABRÉGÉ, S.A
LES ÉVÈVES DE CHAQUE NIVEAU SONT RÉPARTIS EN SIX CLASSES DE A À F SELON LEURS RÉSULTATS SCOLAIRES
TOUS LES ANS, PARMI LES CLASSES A, UNE SEULE EST PROMUE...

L'UNIFORME DES ÉLÈVES DE LA CLASSE S.A EST DIFFÉRENT
VESTE BLANCHE
CHEMISE GRISE
CRAVATE BLANCHE
JUPE NOIRE
LES COURS SE DÉROULENT DANS UN AUTRE BÂTIMENT...
ON L'APPELLE "LE PARADIS" ET JE SUIS DANS CETTE CLASSE
KEI ! HIKARI ! BONJOUR !
AH ! SALUT !
C'EST RARE QUE VOUS ARRIVIEZ ENSEMBLE !
AKIRA TODO, EN SECONDE S.A, 6E DE LA PROMOTION, FILLE DU PRÉSIDENT D'UNE COMPAGNIE AÉRIENNE
C'EST UN SIMPLE HASARD !
OUAH !
HI HI
ALORS POURQUOI T'ES GÊNÉE ?

NdT. : Inoki Bom-ba-ye, festival de catch organisé par Antonio Inoki, un célèbre catcheur japonais.

1

Bonjour et enchantée !!

Je m'appelle Maki Minami. C'est ma première publication en volume. Je suis trop, trop heureuse ! Je voudrais vraiment remercier tous ceux qui m'ont soutenue et aidée. Merci aussi à mon responsable éditorial ! (torrent de larmes)

Quand mon responsable m'a parlé de cette publication :

Je croyais que quelqu'un allait faire irruption et dire :

Suis-je trop sceptique ?

JE VAIS ALLER EN SALLE INFORMA-TIQUE
KEI TAKISHIMA, EN SECONDE S.A, FILS DU PRÉSIDENT DU GROUPE TAKISHIMA
1ER DE LA PROMOTION
PFUII
ASSIS !
AH
OH
ILS OBÉIS-SENT À RYU COMME DES PETITS TOUTOUS !
DEPUIS TOUT BÉBÉS, ILS SONT INSÉ-PARABLES !
ENSUITE...
COMME TU VEUX
TOUS LES SEPT, NOUS AVONS TOUJOURS ÉTÉ ENSEMBLE DEPUIS L'ÉCOLE PRIMAIRE
BON COURAGE POUR TES RÉVISIONS, MISS N°2 !
JE VAIS TE TUER !
2E DE LA PRO-MOTION
ET MOI, HIKARI HANAZONO, FILLE D'UN CHARPEN-TIER...
NON MAIS !

HÉ, SORCIÈRE ! APPORTE-MOI DU THÉ !
TAIS-TOI, GOUJAT !!
TADASHI KARINO, EN SECONDE S.A, 5E DE LA PROMOTION, FILS DU DIRECTEUR DE L'ÉCOLE (IL FUGUE DE TEMPS EN TEMPS)
VLAF
Un peu de silence, SVP !
MÉGUMI YAMAMOTO, EN SECONDE S.A, 4E DE LA PROMOTION, FILLE D'UN PRODUCTEUR DE MUSIQUE ET D'UNE DIVA DE LA CHANSON
ON SE DEMANDE BIEN POURQUOI ELLE NE S'EXPRIME QUE PAR ÉCRIT...
Un peu
JUN YAMAMOTO, EN SECONDE S.A, 3E DE LA PROMOTION, FRÈRE JUMEAU DE MÉGUMI
HOP
QUOI ?!
Jun a commencé le violon. Venez l'écouter !
JUN...
RYU TSUJI, EN SECONDE S.A, 7E DE LA PROMOTION, FILS D'UN FABRICANT D'ARTICLES DE SPORT
KUM
NON... PAS AUJOURD'HUI
J'AI UN MAUVAIS PRESSENTIMENT
RYU ! EMPÊ-CHE-LE !
POURQUOI LE VIOLON ?

POUR LA PREMIÈRE FOIS...
J'AI CONNU LA DÉFAITE...
HA HA
JE M'AT-TENDAIS À MIEUX...
PFF
J'AI DROIT À UNE REVANCHE !!
LÈVE-TOI
ET AUSSI L'HUMILIATION !!
POUR CE QUE ÇA VA CHANGER !
À CHAQUE FOIS, C'ÉTAIT LUI QUI GAGNAIT. JE VOULAIS TELLEMENT UNE REVANCHE QUE...
JE VEUX ALLER DANS LA MÊME ÉCOLE QUE LUI !
J'AI DEMANDÉ À MES PARENTS D'ALLER DANS LA MÊME ÉCOLE...
MAIS IL ME SURPASSAIT EN TOUT, EN SPORT, DANS TOUTES LES MATIÈRES...
RAPIDE
1er DE LA CLASSE A : KEI TAKISHIMA
please turn the Signal of this Point to the right to go to a station
BLA BLA
OH !
ETC...
J'AI FAIT DES EFFORTS TITANESQUES POUR ÊTRE À SA HAUTEUR...
HAN HAN HAN
LA TORNADE HUMAINE
CATCH
KOF
ET POURTANT, JE N'AI JAMAIS RÉUSSI À GAGNER CONTRE LUI
QUOI ?

OUI
VOUS DONNEZ UN CONCERT ?
Jun ♦ Mégumi en concert
QUAND ÇA ?
Aujourd'hui, ici
AUJOURD'HUI ?!
POURQUOI ?
MAIS C'EST BIENTÔT LES EXAMS...
Ça devrait te plaire, ce sera un peu comme une fête traditionnelle
UNE FÊTE ?!
UNE OTAKU DES FÊTES DE LONGUE DATE
HI HI
Elle adore ça
ALLEZ ! ON PRÉPARE LA FÊTE !

BONJOUR, NOUS SOMMES DE LA CLASSE B
C'EST POUR...
JUN & MEGUMI RÉCITAL
VOUS ...
AH ! MERCI BEAU-COUP...
C'EST SYMPA !
?!
OUPS
AUJOURD'HUI, IL Y A UN CONCERT DE MÉGUMI ET JUN. VOUS VOULEZ VENIR ?
ET VOUS FAITES ÇA JUSTE AVANT LES EXAMENS ?

AAAAAH
C'EST BIEN LE PRO-BLÈME !
C'EST VOTRE FAÇON DE VOUS MOQUER DE NOUS ?
POURQUOI TU DIS ÇA ?
POUR-QUOI ?
PARCE QUE VOUS NE FAITES QUE VOUS AMUSER
AH ! LÀ NON PLUS...
LA LA LA LA
IL N'A PAS TORT !
TANDIS QU'ON BOSSE COMME DES MALADES POUR ENTRER DANS LA S.A
QU'EST-CE QUE TU ATTENDS POUR Y ENTRER ?
TOI AUSSI, TU AS FAIT DES EFFORTS POUR ÇA, NON ?
EUH...
C'EST VRAI...
SI TU Y TIENS TELLEMENT...

ÇA VOUS AVANCE À QUOI DE GÉMIR SUR VOTRE SORT ?
TAKISHIMA...
HEIN, LES SECONDES B ?
JE VOUS DONNE AUSSI VOS ADRESSES ET NUMÉROS DE TÉLÉPHONE ?
OUAH
TAKERU SHIBAZAKI (8E), YUJI OGAWARA (13E) ET NAOTO TAKAHASHI (17E) ?
QUOI ? TU CONNAIS NOS NOMS ?
ON NE S'EST JAMAIS PARLÉ !
SHIBAZAKI
OGAWARA
TA-KA-HA-SHI
FACILE, IL N'Y A QU'À JETER UN COUP D'ŒIL AU TROMBI-NOSCOPE !
NIARK
SI VOUS VOU-LEZ...

BLA BLA
NON TROP FORT !
TOUT LE MONDE BOSSE DUR POUR ENTRER DANS LA CLASSE S.A…
SAUF MOI QUI SUIS LÀ POUR BATTRE KEI TAKISHIMA
DON-NE
NON

TU TROUVES ÇA DRÔLE D'APPRENDRE PAR CŒUR LES ADRESSES DES GENS ?
BOF…
MAIS JE LES MÉMORISE SANS LE FAIRE EXPRÈS
LE MONSTRE !
IL RETIENT ABSOLUMENT TOUT CE QU'IL LIT…
HIKARI, TU NE VAS PAS TE COUCHER ?

NON, ENCORE DEUX HEURES...
HA HA HA
TU FAIS PEUR !
JE VAIS ASSURER !
BIEN SÛR, MA FILLE !
YEAH
MES PARENTS M'ONT ÉCOUTÉE ET M'ONT PERMIS D'ENTRER DANS CE LYCÉE HORS DE PRIX
PAPA...
HÉ HÉ
UN PEU DE SILENCE !
HIKARI ?
TANT QUE JE NE L'AURAI PAS VU PLEURER PAR LES TROUS DE NEZ...
JE CONTINUERAI !
TU RESTES ENCORE POUR RÉVISER ?
OUI, RIEN NI PERSONNE NE M'ARRÊTERA !
HA HA
ESSAYEZ TOUJOURS !
HA HA HA HA
OUH LÀ...
COURAGE...
PAS JOLI JOLI ...

QUOI ?
S.A SALLE D'ÉTUDE
AU FAIT, ET LE CONCERT DE MÉGUMI ET DE JUN ?
OUPS
M'EN PARLE PAS...
COMMENT PEUT-ON CRÉER DES SONS PAREILS ?
JE LE SAVAIS...
C'ÉTAIT HORRIBLE...
AH ! J'AI BIEN FAIT DE NE PAS Y ALLER ALORS !
QU'EST-CE QUE TU FAIS LÀ ?
AH !
JE LISAIS UN PEU, MAIS JE VAIS PARTIR
UN PEU ?
BON COURAGE !
HÉ HÉ !

ARGH, IL M'ÉNERVE !
VLAM
HÉ !
OUPS
QUOI ENCORE ?
MAIS DEPUIS QUAND TU ES LÀ ?
JE TE CROYAIS PARTI !
ÇA FAIT DEUX HEURES QUE JE SUIS LÀ
ET TU AS BULLÉ TOUT CE TEMPS !
HI HI
C'EST COMME ÇA QUE TU BOSSES ?
...
JE N'AI PAS BEAUCOUP DORMI CES TEMPS-ICI...
NON !
CE N'EST PAS UNE EXCUSE !
AH ! ZUT !
JE SAIS BIEN !
TU SAIS QUOI ?
?!
IL EST BIZARRE !

OH ! IL FAIT COMPLÈTEMENT NUIT !
ON NE L'A PAS REMARQUÉ, CAR IL N'Y A PAS DE FENÊTRE EN SALLE D'ÉTUDE !
C'EST ÇA...
AH
...
IL Y A DE LA LUMIÈRE LÀ-BAS...
C'EST LA SALLE DES PROFS...
UN SUR-VEIL-LANT ?
NON, ILS SONT RENTRÉS
...
ALORS DES CAMBRIOLEURS ?!
JE VAIS LES CAPTURER !
J'AI DÉJÀ RÉUSSI À FAIRE ÇA !
AH ! ATTENDS !
...
C'EST PAS VRAI...

ALLONS-Y !
BLA BLA BLA BLA BLA
IL Y A BIEN QUELQU'UN !
QU'EST-CE QUE VOUS FAITES ICI ?!
VLAN
AH ?

EXAMENS_SEMESTRE_1
VOUS ÊTES... DE LA CLASSE B, N'EST-CE PAS ?
ZUT !
ARGH
J'AI TOUT VU !
C'EST LE FICHIER DES QUESTIONNAIRES DE L'EXAMEN !

C'EST ÇA...
ET ALORS ?
PUISQUE VOUS VOUS MOQUEZ DE NOUS...
ON UTILISERA TOUS LES MOYENS POUR VOUS BATTRE
VOUS AVEZ TORT
UNE VICTOIRE...
ÇA SE MÉRITE, NON ?
...
PFF
C'EST TOI QUI DIS ÇA ?

MALGRÉ TOUS TES EFFORTS, TU N'AS JAMAIS PU DÉPASSER KEI
ÇA T'INTÉRESSE PAS DE VOIR CES QUESTIONNAIRES ?
T'ES PAS CRÉDIBLE !
HÉ HÉ HÉ
PFFF

ET ALORS ?
JE N'AI JAMAIS GAGNÉ, MAIS JE LE VAINCRAI PEUT-ÊTRE UN JOUR !
POUR MOI, CE QUE VOUS FAITES, C'EST PIRE QUE PERDRE !
VRR

SBAM
JUMPING KICK ATTACK !
TAKI-SHIMA ?!
COMMENT OSEZ-VOUS JUGER HIKARI ?

ELLE FAIT PLUS D'EFFORTS QUE QUICONQUE !
C'EST UNE FILLE INCROYABLE !
TAKI-SHIMA...
HIKARI ! DERRIÈRE TOI !

PRENDS ÇA!
ROLLING BACK BLOW
C'EST VRAI...
LE RÉSULTAT EST IMPORTANT...
MAIS LE PRINCIPAL C'EST...

LA FAÇON D'Y ARRIVER !
HUM
MERCI !
BOM
DOUBLE COUP DE PIED CIRCULAIRE
AH...
QUEL DUO INFERNAL !
OH

AH ! J'OUBLIAIS !
REGARDE LE FICHIER AUTANT QUE TU VEUX !
CELA N'EMPÊCHERA PAS...
QU'ON AURA DE MEILLEURES NOTES QUE VOUS ! ♡
YOUPI !

REGARDEZ !
J'AI EU 100/100 DANS TOUTES LES MATIÈRES !
ANGLAIS
CHIMIE
HISTOIRE
JAPONAIS
FÉLICITATIONS HIKARI !
QUE TU ES MIGNONNE !
WAOUH
BRAVO !
C'EST BIEN, HIKARI !
OUAIS
LES COUPABLES SE SONT DÉNONCÉS EUX-MÊMES
POURQUOI PERSONNE N'A REMARQUÉ LA MISE À SAC DE LA SALLE DES PROFS ?
MERCI POUR L'AUTRE JOUR, KEI
ON A EU PEUR...
DE CES GENS DE LA CLASSE S.A
AU FAIT...
T'AS EU QUOI COMME NOTES ?
AH ! MES NOTES ?

J'AI EU 100/100
+ 5 POINTS DE BONUS !
!
TOTAL 700
TOTAL 705
JE SUIS TOUJOURS 1ER !
ET... POURQUOI ?
...
AUCUNE IDÉE, DÉSOLÉ
JE ME DEMANDE UN TRUC...
QUOI ?
KEI NE PRENDRAIT-IL PAS PLAISIR À SE FAIRE TALONNER PAR HIKARI ?
SI
VOICI L'ORIGINE DE CES 5 POINTS DE BONUS
PARDON, HIKARI...
KEI A SIGNALÉ UNE ERREUR DANS UNE QUESTION POSÉE À L'EXAMEN. C'EST POUR CELA QU'IL A REÇU 5 POINTS SUPPLÉMENTAIRES

ÉPISODE 2

DANS CE LYCÉE EXTRÊMEMENT ÉLITISTE, DONT LE BÂTIMENT RESSEMBLE À UN CHÂTEAU…
IL EXISTE UNE CLASSE APPELÉE SPECIAL A
TOUS LES NIVEAUX SONT RÉPARTIS EN SIX CLASSES DE A À F SELON LES RÉSULTATS SCOLAIRES DES ÉLÈVES…
TOUS LES ANS, PARMI LES CLASSES A…
SPORTS HALL
UNE SEULE EST PROMUE MEILLEURE CLASSE…
BLA
BLA
BLA
BLA
OUAIS ! OUAIS !
TAP
FFFH
CETTE CLASSE, LA PLUS PERFORMANTE EST APPELÉE…
TAP
SPECIAL A, EN ABRÉGÉE, S.A

CLAP
OUAH !
CLAP CLAP CLAP
OH ! ÇA ALORS !
C'EST UN MOONSAULT !!
(SALTO ARRIÈRE TENDU)
HIKARI !!
JE M'APPELLE HIKARI HANAZONO ET J'AI 15 ANS
HOP
TAC
JE SUIS EN SECONDE S.A
TOUJOURS AUSSI SPECTACULAIRE, HIKARI
ENFIN, CE N'EST PAS DE LA GYM...
HI HI HI
MAINTENANT, C'EST LE TOUR DE KEI !
IL S'AGIT...
JE M'ENTRAÎNE TOUS LES JOURS POUR ÇA !
J'AI UN BUT À ATTEINDRE DANS CE LYCÉE
HÉHÉHÉ
AAH

HO
OH !
UN DOUBLE MOONSAULT !
(SALTO ARRIÈRE AVEC 2 ROTATIONS)
C'EST BIEN...
TAP
OUAH ! TROP FORT ♡
IL S'AGIT DE...
DE VAINCRE CE MEC !
KEI...

BLA
C'EST LE MEILLEUR ! IL A FAIT UN TOUR DE PLUS QUE HIKARI !
BLA
RIEN À VOIR !
SU-PER !
HIKARI !
EUH...
TAKI-SHIMA ...
HUM !
DOMMAGE POUR TOI, HIKARI... OU PLUTÔT DEVRAIS-JE DIRE...
MISS N°2 !
J'AI DE BONNES RAISONS DE VOULOIR L'ATOMISER...
TOUTE PETITE, MON PÈRE, UN GRAND FAN DE CATCH, M'A APPRIS À COMBATTRE ET JE ME CROYAIS INVINCIBLE...
ET CE N'EST PAS SEULEMENT PARCE QUE JE DÉTESTE SON ARROGANCE...
NE M'AP-PELLE PAS COMME ÇA !
SPORTS HALL
QUAND SOUDAIN KEI TAKISHIMA EST APPARU DEVANT MOI ET M'A VAINCUE TRÈS FACILEMENT !
JE M'AT-TENDAIS À MIEUX...
PFF

POUR RÉALISER MON RÊVE DE REVANCHE, J'AI DÛ SUPPLIER MES PARENTS...
DE PAYER LES FRAIS DE SCOLARITÉ DE CE LYCÉE
ON ATTRIBUE À LA CLASSE S.A CE BÂTIMENT LUXUEUX QU'ON SURNOMME "LE PARADIS"...
ET NOUS AVONS UN UNIFORME DIFFÉRENT
JE SUIS DANS CETTE CLASSE UNIQUEMENT POUR BATTRE TAKISHIMA
ALORS LE THÉ DE CET APRÈS-MIDI...
CE SERA UN THÉ "MAPORON" DE MARIAGE ACCOMPAGNÉ D'UN SCONE À LA CRÈME CAILLÉE ET À LA CONFITURE D'ABRICOT
ET SPÉCIALEMENT POUR AUJOURD'HUI, J'AI SORTI UN SERVICE EN PORCELAINE DE SAXE
HI HI HI
AKIRA TODO, EN SECONDE S. A, 6E DE LA PROMOTION, FILLE DU PRÉSIDENT D'UNE COMPAGNIE AÉRIENNE
QUELS PRÉTEXTES ÉTRANGES !!
HA HA HA
TOC TOC
OUPS
C'EST PRÉCIEUX !!
ELLE CONSIDÈRE L'HEURE DU THÉ AUSSI IMPORTANTE QUE SA PROPRE VIE
SPLAF

T'ES BIEN UNE SORCIÈRE, TOI...
TADASHI KARINO, EN SECONDE S.A, 5E DE LA PROMOTION, FILS DU DIRECTEUR DE L'ÉCOLE (IL FUGUE DE TEMPS EN TEMPS)
UNE SORCIÈRE ?!
MÉGUMI YAMAMOTO, EN SECONDE S.A, 4E DE LA PROMOTION, SŒUR JUMELLE DE JUN
HÉ HÉ
TAC
JUN YAMAMOTO, EN SECONDE S.A, 3E DE LA PROMOTION, FILS D'UN PRODUCTEUR DE MUSIQUE ET D'UNE DIVA
Akira !
Ton thé est délicieux ! ♡
MÉGUMI... JUN... ♡
VOUS ÊTES MIGNONS !
TROP MIMI...
ELLE ADORE TOUT CE QUI EST MIGNON
TOUS CES GÂTEAUX...
SONT HYPER SUCRÉS !
RYU TSUJI, EN SECONDE S.A, 7E DE LA PROMOTION, FILS D'UN FABRICANT D'ARTICLES DE SPORT
HUM
DÉSOLÉ, Y'A RIEN D'ÉPICÉ ?
ESPÈCE D'ÉGOÏSTE !!
...
CES TROIS-LÀ ONT TOUJOURS ÉTÉ ENSEMBLE DEPUIS TOUT BÉBÉS
LES DEUX JUMEAUX SONT FOUS DE RYU
RYU A RAISON !
TRAÎTRES !
AKIRA
ENSUITE...
AH !
PAF
PAF

KEI ! TU POURRAIS ARRÊTER DE BOSSER SUR TON PC PENDANT L'HEURE DU THÉ !
KEI TAKISHIMA, EN SECONDE S.A, FILS DU PRÉSIDENT DU GROUPE TAKISHIMA, 1ER DE LA PROMOTION...
T'AS ENTENDU ?
MISS N°2 !
À...
ET MOI...
2E DE LA PROMOTION
HIKARI HANAZONO, FILLE D'UN CHARPENTIER...
À QUI TU PARLES ?!
TOI !
POUR HIKARI, C'EST PAS PAREIL !
ET N'EN PROFITE PAS POUR TE METTRE À COTÉ DE HIKARI !
C'EST RIEN DE SURFER SUR LE NET !
GRR
...
TOUS LES SEPT, NOUS AVONS TOUJOURS ÉTÉ DANS LA MÊME CLASSE DEPUIS L'ÉCOLE PRIMAIRE
AU FAIT, ON VA BIENTÔT AVOIR UN TOURNOI
PAS AVEC LES DOIGTS !

AH OUI ! ÇA NE M'EMBALLE PAS PLUS QUE ÇA, MAIS BON...
MOI, ÇA ME VA
J'ADORE LE SPORT !
TROP BIEN !
UN TOURNOI DE SPORT DE BALLON ! C'EST SUPER !
HA HA
HA HA
JE VAIS TE BATTRE !!
HÉ HÉ
PUISQU'ON EST DE LA MÊME CLASSE, ON SERA DANS LA MÊME ÉQUIPE, NON ?
GRANDE SOLITUDE
TAKISHIMA, T'ES VRAIMENT CHIANT !
SI C'EST LE CAS, CE NE SERA PAS MAR-RANT...
HM...
C'EST VRAI, ÇA !
SI ON EST DANS LA MÊME ÉQUIPE
BONSOIR, PAPA !
2
COIN BAVARDAGE
Dans ce coin bavardage, je voulais écrire plein de choses, mais au moment de commencer j'oublie toujours tout.
mon image
quelque chose
OH
je veux écrire quelque chose
quelque chose
OH
minami
chaise
Mais j'ai toujours admiré cet espace et je vais faire le maximum d'efforts pour le remplir ! L'important, c'est d'avancer chaque jour un peu plus !
piou
POURQUOI UN POUSSIN ?

AH ! HIKARI !
COMMENT ÉTAIT TA JOURNÉE ?
MON PÈRE EST MAÎTRE CHARPENTIER
J'AI ENCORE PERDU
HA HA HA
DEMAIN EST UN AUTRE JOUR !
GRR
ET LES FRAIS DE SCOLARITÉ COÛTENT LES YEUX DE LA TÊTE
MON LYCÉE EST FRÉQUENTÉ PAR DES ENFANTS DE FAMILLES TRÈS FORTUNÉES…
MALGRÉ TOUT, MES PARENTS ONT ACCEPTÉ DE PAYER MES ÉTUDES DANS CE LYCÉE
UN JOUR, JE LE VAINCRAI !
BIEN SÛR !
C'EST POURQUOI...
JE FAIS TANT D'EFFORTS
UN, DEUX...
JE VAIS MARQUER PLUS DE POINTS QUE KEI TAKISHIMA !
C'EST LE MINIMUM QUE JE PUISSE FAIRE.
LE TOURNOI, ÇA DEVRAIT... ÊTRE DU BASKET OU DU VOLLEY
ALLEZ !
BLA BLA

10E TOURNOI DE SPORT DE BALLON
LE 30 JUIN
CETTE ANNÉE : BASKET-BALL
CHAQUE ÉQUIPE SERA CONSTITUÉE DE 5 FILLES ET DE 5 GARÇONS.
-RÈGLEMENTS PARTICULIERS-
CHAQUE ÉQUIPE DE SECONDE DOIT INTÉGRER UN MEMBRE DE LA CLASSE S.A, COMME SUIT :
• ÉQUIPE B : (-)
• ÉQUIPE C : (JUN YAMAMOTO)
• ÉQUIPE D : (RYU TSUJI, MÉGUMI YAMAMOTO)
• ÉQUIPE E : (KEI TAKISHIMA, TADASHI KARINO)
• ÉQUIPE F : (HIKARI HANAZONO, AKIRA TODO)
HORAIRES : OUVERTURE : 9H (HALL 1)
• 1ER ÉLIMINATOIRE : 9H45 À 10H45 (HALL 1 & 2, TERRAIN 1 & 2)
• 2E ÉLIMINATOIRE : 11H À 12H (")
• DÉJEUNER : 12H À 13H
• QUART DE FINALE : 13H À 14H (")
• DEMI-FINALE : 15H À 16H (")
• FINALE : 16H À 17H (")
• FERMETURE : 18H (HALL 1)
BLA
BLA
WAOUH
UN ÉLÈVE DE S.A DANS CHAQUE ÉQUIPE ?!
BLA BLA
JE SUIS AVEC KEI ET TADASHI ! ♡
TADASHI !
GUIDE DE SURVIE
C'EST TOI QUI AS EU L'IDÉE DE CETTE RÉPARTITION ?
NOUS SÉPARER ET NOUS METTRE DANS LES AUTRES ÉQUIPES...
OUAIS ! ÇA A DU BON D'ÊTRE LE FILS DU DIRECTEUR !
J'AI DIT À MON PÈRE QUE JE VOULAIS VOIR UN MATCH ENTRE TOI ET KEI, ET VOILÀ !
IL CHANGE LE RÈGLEMENT JUSTE PAR CAPRICE ?
C'EST EFFRAYANT !
OUAH !
MERCI !
VLAF

ÇA TE FAIT PLAISIR À CE POINT ?
HUM
NOO...
MAIS QU'EST-CE QU'ILS FONT ?
GRR
ENSUITE...
LÂCHE-MOI !
JE SUIS HIKARI HANAZONO, DE SECONDE S.A
JE SUIS AKIRA TODO DE LA MÊME CLASSE
MERCI DE NOUS ACCEPTER AVEC VOUS DANS LA CLASSE F !
IAAH

MAIS C'EST QUOI, CES CRIS ?
ILS NOUS ENCOURAGENT CAR NOUS SOMMES DE LA S.A !
AH BON...
JE NE COMPRENDS RIEN, MAIS...
D'ACCORD !
D'ABORD, NOUS CONSTITUONS LES ÉQUIPES SUIVANTES : - ÉQUIPE DE GARÇONS A, 5 PERSONNES - ÉQUIPE MIXTE, 5 PERSONNES - ÉQUIPES DE FILLES, A ET B, 5 PERSONNES CHACUNE
ENSUITE, CHAQUE MEMBRE DE L'ÉQUIPE DÉCIDERA DE SON POSTE
NOUS ALLONS GAGNER !
AH——!
SECONDE E
VOICI LES POSITIONS ATTRIBUÉES AUX MEMBRES DE CHAQUE ÉQUIPE
ON A DÉJÀ DÉCIDÉ
TCHAC
ET PUIS, IL Y A ÇA...
COTE
MAIS IL VIENT DE DIRE QUE CHACUN DÉCIDERAIT DE SON POSTE ?!
VOICI LA COTE, ÉQUIPE PAR ÉQUIPE !
AAAH
Ma cote
NOUS SOMMES RÉPARTIS SUR DIFFÉRENTES ÉQUIPES...
ON N'ATTEND RIEN DE TOI !
Je ne suis pas douée en sport, mais merci d'avance. Megumi
MERCI D'AVANCE
...

BA
M
ON COMMENCE L'ENTRAÎNEMENT !
VOILÀ, ÇA, C'EST UN DUNK...
ESSAYEZ AUSSI, TOUS ENSEMBLE !
!!
ENSEMBLE ?
ELLE DEMANDE DIRECT UN DUNK ?
ELLE EST NULLE COMME PROF !
?
BLA
BLA
C'EST PAS CLAIR...
ALLEZ, UN PAR UN ! ♪
MAIS...
ENTRE LA THÉORIE ET LA PRATIQUE, IL Y A UN PAS
SPORTS HALL

OH...
ALORS, ON S'Y REMET ?
PITIÉ !!
POURQUOI ?
MONSTRE !
...
J'AI L'IMPRESSION QU'ON TOURNE EN ROND...
SPORTS HALL
FFH
SBOM
AH !
AÏE !
TU COMPTES PASSER LA NUIT À T'ENTRAÎNER TOUTE SEULE ?

TOI !
TOUTES LES PORTES DU LYCÉE SONT MAINTENANT FERMÉES
QUOI ?
!
SERVIETTE TREMPÉE DANS L'EAU GLACÉE
AH !
ARRÊTE DE T'ÉPUISER INUTILEMENT
TU ES UNE FILLE ET TA FORCE PHYSIQUE N'ÉGALERA JAMAIS CELLE D'UN MEC

UTILISE PLUTÔT TON CERVEAU...
ENFIN, SI TU PEUX !
Hi Hi Hi
TU TROUVES ÇA DRÔLE ?
C'EST DÉCIDÉ...
JE SURPASSE-RAI CE TYPE !
IL A TOUJOURS L'AIR INDIF-FÉRENT...
ENFIN, LA SERVIETTE, C'ÉTAIT SYMPA
À FOND !!
OUAAH !
HÉ HÉ HÉ
...
C'EST VRAI, ÇA...
JE NE L'AI JAMAIS VU SE DONNER À FOND
J'AIMERAIS VOIR ÇA !
HÉ ! TOUT LE MONDE !

C'EST L'HEURE DU THÉ APRÈS LES COURS !
CLING
CLING
ON VA S'ENTRAÎNER !
TU AS SÉCHÉ HIER !
MON THÉ !
ET LE THÉ ?
VOILÀ KEI !
TOUJOURS AUSSI EFFICACE !
IL EST SURDOUÉ POUR TOUT !
...

QU'ELLE EST CHOU, HIKARI♡
IL EN AI DE MÊME POUR MOI !!
PFF
SI NAÏVE...
ÉCOUTEZ TOUS !
J'AI PRÉPARÉ UN MENU D'ENTRAÎNEMENT SPÉCIAL
POUR CHACUN
NON !
OH !
SPORTS HALL
JE REFUSE DE PERDRE FACE À QUELQU'UN D'AUSSI FROID
C'EST HORS DE QUESTION !
MAIS C'EST QUOI ÇA ?
IL FAUT COURIR
IL N'Y A RIEN...
C'EST VAGUE...
REGARDER LE BALLON
MAIS...
J'AI L'IMPRESSION QUE LA CLASSE F N'EST PAS TRÈS MOTIVÉE...
POURQUOI ?
AH, RATÉ...
OH !

C'EST PAS GRAVE
ÇA IRA CAR ON A HIKARI ET AKIRA !
C'EST CLAIR !
ON AURA AU MOINS LA 3e PLACE
C'EST IMPOSSIBLE DE GAGNER, CAR IL Y A TAKISHIMA DANS UNE AUTRE ÉQUIPE !
EH ! ON VEUT GAGNER
NON MAIS !
MAIS MÊME AVEC VOUS, ON N'EST QUE DES SECONDE F !
HA HA HA
C'EST SUR MOI QUE VA REPOSER LE MATCH !
TIENS ?
SPORTS HALL
CLAC CLAC
ÇA N'OUVRE PAS ?
ELLE EST FERMÉE À CLEF !
...
S·A SALLE D'ÉTUDE
LA CLEF ?

TU NE M'AS PAS ÉCOUTÉ
PAF
ÇA RIME À QUOI ?
DONNE...
CLING
TU PARLES DE ÇA ?
CLING
ENCORE TOI !
JE T'AI DIT D'ARRÊTER !
MAIS TU ES FOLLE OU QUOI ?!
ÇA, JAMAIS !

TOUS TES EFFORTS SONT INUTILES !
POUR-QUOI...
TU DIS ÇA ?
...
POUR RIEN...
VLAN...

QUEL MÉPRIS...
TAKISHIMA VIENT DE ME DIRE QUE MES EFFORTS ÉTAIENT INUTILES
IL N'AVAIT JAMAIS DIT DES CHOSES COMME ÇA AVANT...
POURQUOI MAINTENANT ? C'EST CE QU'IL PENSE AU FOND DE LUI ?
AVEC CET AIR INDIFFÉRENT ?
JE NE ME LAISSERAI PAS VAINCRE PAR UN MEC COMME LUI !
BLA
BLA
10E TOURNOI DE SPORT DE BALLON

¹ NdT : sanctuaires portatifs (mikoshi) que l'on porte en procession lors des fêtes traditionnelles

!?
SPAF
ILS SONT MORTS DE TROUILLE !
EST-CE QUE TOUT VA BIEN ?
OO-H
REGARDEZ ! J'AI DE LA BARBE À PAPA ET DES BOULETTES AU POULPE !
PAF
HOP
L'ÉQUIPE DE TAKISHIMA MARQUE TROP FACILEMENT DES POINTS...
C'EST PAS VRAI !
WAOU-UH
EUH...
S'ILS SONT DES LIONS...
BLA
NOUS SOMMES DES FOURMIS...
BLA
HA HA HA
SAVEZ-VOUS QUE...
ÇA CRAINT !
ELLES PEUVENT VAINCRE UN GROS LION SI ELLES SE METTENT À L'ATTAQUER TOUTES ENSEMBLE
LES FOURMIS SONT EN RÉALITÉ PLUS FORTES QU'UN LION !
TEAM F
CE N'EST PAS PARCE QU'ILS FONT DES DUNK QU'ILS GAGNERONT !
ON S'EST BIEN ENTRAÎNÉS TOUS LES JOURS, NON ?
ALORS Y'A PAS DE RAISON !

TOUS ENSEMBLE, ON VA Y ARRIVER !
MAIS OUI...
C'EST SÛR
HIKA-RI !
JE VAIS LE BATTRE !
JE SUIS MOTIVÉ
OUAIS !
ON Y VA ?
?!
AH
?
QU'EST-CE QUE TU AS ?
NON, RIEN !
PFF

"TOUS TES EFFORTS SONT INUTILES"
JE REFUSE D'Y CROIRE
COMMENT A-T-IL PU DIRE ÇA ?
ON Y VA ?!
NON, JE N'Y CROIS PAS !
PAS DE PARI AU LYCÉE !
COTE DES SECONDE :
FAVORI : 2NDE E AVEC KEI
CHALLENGER : 2NDE F AVEC HIKARI
OUTSIDER : CLASSE C AVEC JUN
B (X 10) E (X 2)
C (X 30) F (X 3)
D (X 7)
ÉTABLIE PAR TADASHI KARINO
E
F
MAILLOT : DRAGON SPORT (TSUJI SPORTS)
NE SOUTIENS PAS L'ÉQUIPE ENNEMIE
&
PARTICIPE À TON MATCH
ALLEZ !
COURAGE, RYU ! ♥
HIKARI !
J'AI !
TACH

VLA
F
FIN DU MATCH !
L'ÉQUIPE F EST EN FINALE !
AH ZUT !
EUH...
RYU, NE SOIS PAS DÉCOU-RAGÉ !
NOTRE ÉQUIPE ÉTAIT HANDICAPÉE...
BOULET
ELLE N'A PAS LÂCHÉ SON CAHIER
DÉTESTE LE SPORT
ENFIN, C'EST FINI !
C'EST L'ÉQUIPE E AVEC KEI QUI MÈNE...
E
B
56 0 12
ILS ONT UNE SACRÉE AVANCE !
JE SAIS TRÈS BIEN...
DE QUOI IL EST CAPABLE
AH...
...
HIKARI, ON Y VA ?
QU'EST-CE QUE TU AS ?

OUI !
L'ENTRAÎNEMENT ÉTAIT DUR CHAQUE JOUR...
BLA
BLA
VAS-Y
TAKISHIMA
PFUIT
ENGAGEMENT !
HOP
!
FFH
TEA...
OH
TAP
TAKISHIMA !
EH !

SCHAM
AH
TROP FORT !
ÇA N'A PAS TRAÎNÉ !
VRAIMENT...
ON Y VA, NOUS AUSSI !
OUAIS
IL EST SURDOUÉ EN TOUT
POUR LE DÉPASSER...
DU SPORT
JE FAIS TOUT MON POSSIBLE
DES ÉTUDES
UNE FOIS, IL M'A ADMIRÉE POUR MES EFFORTS...
HIKARI FAIT PLUS D'EFFORTS QUE QUICONQUE
C'EST UNE FILLE INCROYABLE
MAIS APRÈS...

"TOUS TES EFFORTS SONT INUTILES"
HIKARI EST BIZARRE...
AH— AH—
POURQUOI ?
D'HABITUDE, ELLE EST PLUS ÉNERGIQUE
L'ÉCART ENTRE NOS SCORES SE CREUSE
J'AI DU MAL À SUIVRE ET JE ME SENS LOURDE...
AKIRA EST SUIVIE PAR TADASHI ET PERSONNE N'EST CAPABLE DE MAÎTRISER LES ATTAQUES DE TAKISHIMA
TAC
!
AH !
IL AVAIT RAISON...
MES EFFORTS AURONT ÉTÉ INUTILES ?
HOP

ARGH !
ZOOOM
!
OUAH
AH...
AH...
QU'EST-CE QUI M'ARRIVE ? JE PERDS CONNAISSANCE...
OUH...
JE VAIS ENCORE UNE FOIS...
ÊTRE VAINCUE PAR LUI ?

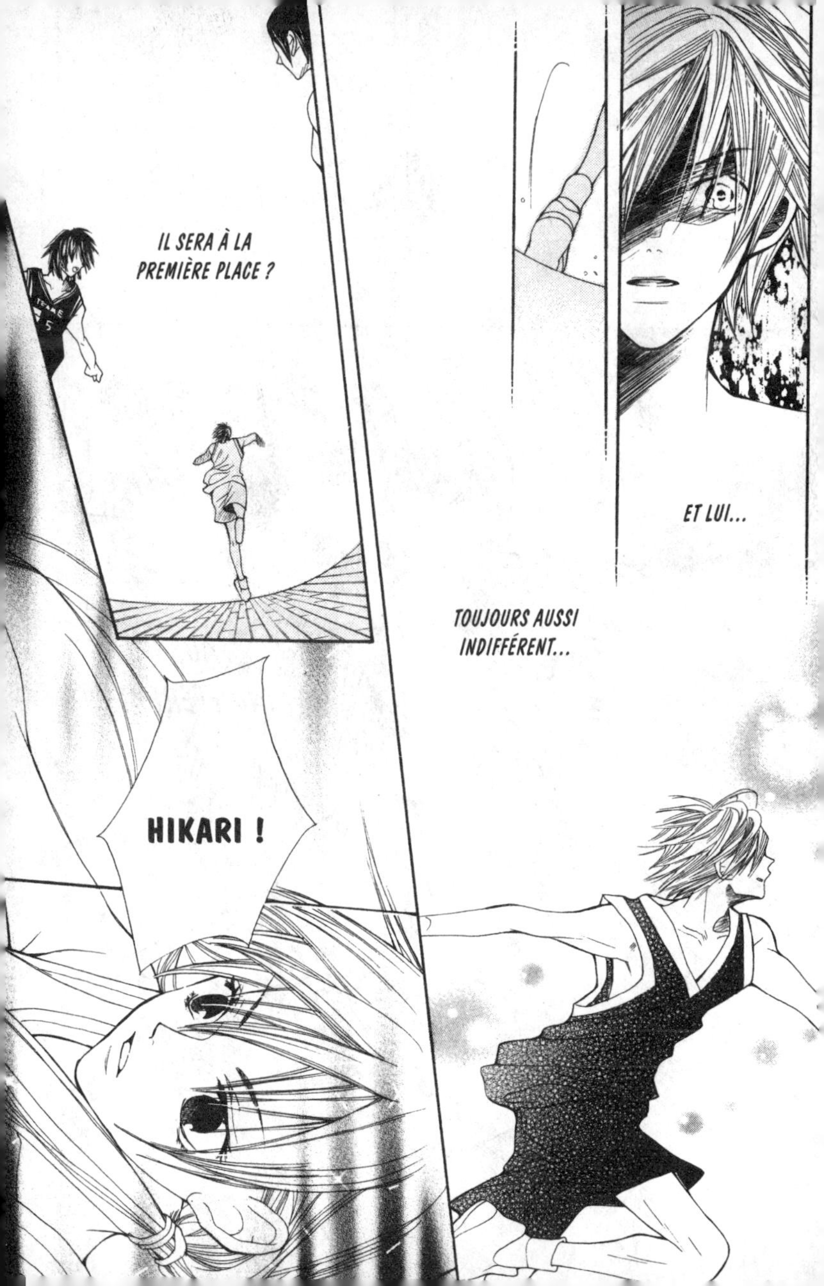
ET LUI...
TOUJOURS AUSSI INDIFFÉRENT...
IL SERA À LA PREMIÈRE PLACE ?
HIKARI !

TOUJOURS...
AUSSI INDIFFÉRENT...

SBAM
ZIP
!
HAA
HAA
HAA
HAA
HAA
...
BLA
KE...
BLA
KEI ?
BLA
HIKARI HANAZONO
TOUT VA BIEN...
TU NE T'ES PAS COGNÉ LA TÊTE !
HAN
!

MAIS... QU'EST-CE QUE...
JE... JE VAIS BIEN !
M... MERCI !
AH...
KOF !
RESTE LÀ !
NON, JE VAIS BIEN
RES-TE !
ON REPREND LE MATCH ?
...
JE TE DIS DE RESTER TRANQUILLE !
AAH
À QUOI BON CONTINUER LE MATCH ?
KEI CRIE ?
TU TE SURMÈNES TROP, TU VAS FINIR PAR TE BLESSER !
KEI...
TAKISHIMA EST PERTURBÉ ?
TU NOUS INQUIÈTES À LA FIN !!

MAIS EUH...
IL EST EN COLÈRE..
BRR BRR
IL EST FURIEUX
TU M'AS DIT QUE MES EFFORTS ÉTAIENT INUTILES...
TU N'AS PAS COMPRIS...
JE SUIS INQUIET POUR TOI, TU TE SURMÈNES AU POINT DE TE DÉTRUIRE...
JE ME SUIS CERTAINEMENT MAL EXPRIMÉ
JE PENSE TOUJOURS QUE TU AS BEAUCOUP DE MÉRITE DE FAIRE TOUS CES EFFORTS

...
D'AC-
CORD...
HEIN ?
HOP
WAOUH
AAH !
JE SUIS BIEN OBLIGÉ SINON TU CONTINUERAS LE MATCH JUSQU'À CE QUE MORT S'ENSUIVE !
PARCE QUE...
HI HI
TU ES LA PIRE BATTANTE QUE JE CONNAISSE !
MAIS OUI...

QUAND TU FAIS DES EFFORTS, PEU IMPORTE SI TU GAGNES OU NON...
NON !
LÂCHE-MOI !
TU SERAS RÉCOMPENSÉE TÔT OU TARD
FINALEMENT...
L'ÉQUIPE DE TAKISHIMA A GAGNÉ AVEC UN SCORE SANS APPEL
IL Y EN AURA D'AUTRES, DES MATCHS !

J'AI EU DROIT À MA RÉCOMPENSE...
AU FAIT...
IL FAIT UNE DRÔLE DE TÊTE !
GLOU
UN BEAU SPECTACLE !
NOUS SOMMES EN TRAIN DE PARLER DE TES RAPPORTS AVEC KEI
IL T'A PORTÉE DANS SES BRAS
POUAH
BEURK !!
AH OUAIS ?
HÉ HÉ
ARRÊTE TES BLA-GUES !
MONS-TRE !
FAIS ENCORE APPEL À MOI LA PROCHAINE FOIS QUE TU TE BLESSES...
JE ME FERAI UN PLAISIR DE TE PORTER !
PLUS QUE JAMAIS...
JE VAIS TE TUER !
JE BRÛLE D'IMPATIENCE DE LE BATTRE !
TU ES DANGE-REUSE !
GRR

# ÉPISODE 3

SOUS LES DOUX RAYONS DU SOLEIL MATINAL ET DANS LA FRAÎCHEUR DES FEUILLAGES…
LE THÉ, ACCOMPAGNÉ DE MUFFINS, EXHALE UN PARFUM EXQUIS
C'EST BIEN LÀ QUE J'ÉTUDIE…
MOI, HIKARI HANAZONO (15 ANS)
CLING
LES COURS VONT COMMENCER !
C'EST MON LYCÉE

C'EST L'UN DES PLUS ÉLITISTES DE MA RÉGION...
ET IL EST DOTÉ D'UN SYSTÈME PLUS QU'IN-SOLITE
LES ÉLÈVES DE TOUS LES NIVEAUX SONT RÉPARTIS PAR RÉSULTATS SCOLAIRES DANS LES CLASSES A À F...
ET TOUS LES ANS, PARMI LES CLASSES A...
UNE SEULE EST PROMUE MEILLEURE CLASSE DE TOUT LE LYCÉE... ELLE EST APPELÉE...
SPECIAL A, EN BREF, S.A
LES ÉLÈVES DE LA S.A ONT UN UNIFORME DIFFÉRENT DES AUTRES ET ÉTUDIENT DANS UN AUTRE BÂTIMENT...
SI AGRÉABLE QU'ON LE SURNOMME "LE PARADIS" DE L'ÉCOLE
AH NON, HIKARI !
TOC TOC
NOUS SOMMES EN TRAIN DE PRENDRE LE THÉ DU MATIN ! CE N'EST PAS LE MOMENT DE PARLER DE COURS !
AKIRA TODO, EN SECONDE S.A, 6E DE LA PROMOTION, FILLE DU PRÉSIDENT D'UNE COMPAGNIE AÉRIENNE
BONJOUR !
À PARTIR D'AUJOURD'HUI...
NOUS ALLONS GÉRER LES CADEAUX OFFERTS PAR LES PERSONNES INTERNES ET EXTERNES AU LYCÉE !
NOUS FAISONS PARTIE DU "CLUB S.A" ! ♡
LE CLUB SA !!
OH...

DES FILLES AUSSI MIGNONNES QUE VOUS PORTENT DES PAQUETS SI LOURDS ?
MERCI INFINIMENT !
PERVERSE...
ALLEZ, AIDE CES FILLES, PETIT SINGE DES MONTAGNES !
OUPS
OUAIS
TOUT LE PLAISIR EST POUR NOUS !
JE VOUS ADORE !
EXCUSEZ-LE !
ELLES SONT TERRIBLES, LES FILLES !
PFFH
TADASHI KARINO, EN SECONDE S.A, 5E DE LA PROMOTION, FILS DU DIRECTEUR DE L'ÉCOLE (IL FUGUE DE TEMPS EN TEMPS)
...
TIENS, C'EST POUR MÉGUMI ET JUN
JUN YAMAMOTO, EN SECONDE S.A, 3E DE LA PROMOTION, FILS D'UN PRODUCTEUR DE MUSIQUE ET D'UNE DIVA DE CHANSON
MÉGUMI YAMAMOTO, EN SECONDE S.A, 4E DE LA PROMOTION, SŒUR JUMELLE DE JUN
ON NE SAIT TOUJOURS PAS POURQUOI ELLE S'EXPRIME PAR ÉCRIT SUR UN CAHIER
HÉ HÉ
Merci ! ♡

C'EST UN PEU LA MASCOTTE DE LA S.A
ET ÇA...
C'EST POUR RYU
OK !
TIENS !
...
PSSH
!!
CANON
RYU TSUJI, EN SECONDE S.A, 7e DE LA PROMOTION, FILS D'UN FABRICANT D'ARTICLES DE SPORT
CES TROIS-LÀ SONT INSÉPARABLES DEPUIS TOUT BÉBÉS...
ET NUL NE SAIT POURQUOI, MAIS LES JUMEAUX SONT FOUS DE RYU
VOUS VOULEZ MA MORT ?!
ENSUITE...
CE GROS COLIS EST...
POUR KEI
KEI TAKISHIMA, EN SECONDE S.A, FILS DU PRÉSIDENT DU GROUPE TAKISHIMA, PREMIER DE LA PROMOTION
ET ÇA, C'EST POUR TOI, HIKARI
BAM
...

TU ES TOUJOURS APRÈS MOI, MÊME POUR LA QUANTITÉ DES CADEAUX
N'EST-CE PAS, MISS N°2 !
ET MOI...
NE...
HIKARI HANAZONO, FILLE D'UN CHARPENTIER, 2e DE LA PROMOTION !
NE M'APPELLE PAS COMME ÇA !
J'HABITE DANS UN QUARTIER POPULAIRE ET COMMERÇANT...
QUI N'A RIEN À VOIR AVEC L'ENVIRONNEMENT DE CE LYCÉE
QUAND J'ÉTAIS PETITE, MON PÈRE, GRAND FAN DE CATCH, M'A APPRIS À COMBATTRE ET JE ME CROYAIS INVINCIBLE...
SBAM !
MAIS KEI TAKISHIMA EST SOUDAIN APPARU DEVANT MOI ET M'A VAINCUE TRÈS FACILEMENT !
JE M'ATTENDAIS À MIEUX !
SI J'AI DÉCIDÉ D'ÉTUDIER DANS CETTE ÉCOLE...
C'EST POUR PRENDRE MA REVANCHE SUR LUI !

POUR INFORMATION…
TOUS LES SEPT, NOUS SOMMES ENSEMBLE DEPUIS L'ÉCOLE PRIMAIRE
MIDI
DIS, TU AS PRÉVU QUELQUE CHOSE PENDANT LES VACANCES D'AUTOMNE ?
NON… RIEN DE SPÉCIAL
ALORS, J'AI UNE PROPO-SITION ! ♡
HI ♥ HI
SI ON ALLAIT TOUS ENSEMBLE DANS LA RÉSIDENCE SECONDAIRE DE MES PARENTS ?
JE RÊVE DE VACAN-CES AVEC HIKARI !
VOUS POUVEZ TOUS VENIR… ♡
MÉGUMI, TU ES LA BIEN-VENUE AUSSI !
HÉ HÉ
UN VOYAGE EN GROUPE ? AH NON !
C'EST UN SOLITAIRE
COMME TU VEUX !
SEULE HIKARI COMPTE POUR MOI !
KEI, TON ANNIVER-SAIRE TOMBE PENDANT LES VACANCES D'AUTOMNE, NON ?
HA HA HA
AUCUNE IMPORTANCE, JE NE VIENS PAS !
AH OUI !
MOTIVÉE ♥
ALORS, ON VA FÊTER TON ANNIVERSAIRE À LA RÉSIDENCE SECONDAIRE D'AKIRA ?
ÇA NE TE DÉRANGE PAS, AKIRA ?
…
NON, SI C'EST TOI QUI LE DEMAN-DES !

BON, ALORS JE NE VAIS PAS RATER UNE OCCASION PAREILLE !
MENTEUR...
TSS !
IL VIENT DE DIRE LE CONTRAIRE !
C'EST AINSI QUE...
LE TOUT PREMIER VOYAGE DE LA CLASSE S.A A ÉTÉ DÉCIDÉ
ÇA...
ÇA ALORS...
MA PETITE RUE COMMERÇANTE
MERCÉDÈS
TUUT
BLA
BLA
HIKARI ! ON EST VENUS TE CHERCHER !

ME CHERCHER ? AVEC CE CORTÈGE ?!
OUI, ON EST TOUS LÀ POUR TOI
POF POF
ALLEZ, LAISSONS KEI SALUER TES PARENTS... ♡
...
TADASHI ? QUE FAIS-TU LÀ ?
HUM
AH ! HIKARI, J'AI PENSÉ QUE ÇA TE FERAIT PLAISIR QU'ON SOIT AU COMPLET ♡
M— M—
TAKISHIMA EST LÀ AUSSI ?!
AH...
KIDNAPPÉ ♥
TIENS ?
FLAP
ET MON SAC ?
EH !
DEPUIS QUAND TU AS MON SAC ?
HÉ HÉ
NOUS SOMMES VENUS TE CHERCHER...
RENDS-MOI MES AFFAIRES ! JE NE MONTE PAS DANS TA VOITURE !
ON PART SANS EUX ?
COMME TU VEUX, KEI ! METS LES AFFAIRES D'HIKARI DANS TON COFFRE !
HA HA HA HA !
SUPER, JE VAIS POUVOIR VÉRIFIER CE QU'IL Y A DANS LE SAC D'HIKARI !
JE SAURAI ENFIN POURQUOI ELLE EST TOUJOURS N°2 !

ÇA VA PAS, NON ?
CES DERNIERS TEMPS...
QUELQUE CHOSE ME TRACASSE
VOITURE
HM
...
HIKARI, LA VOITURE EST GRANDE, TU PEUX POSER TON SAC !
JE NE VEUX PAS QUE TU FOUILLES DEDANS !
...
GRR
QUELLE NOUILLE !
ARRÊTE, NE ME DIS PAS QUE TU AS CRU CE QUE J'AI DIT ?
RESTONS ZEN !
GRML
?
CES DERNIERS TEMPS, TAKISHIMA M'A BEAUCOUP AIDÉE...
AH, J'OUBLIAIS ...
WAOUH
AAH !
ON DOIT FÊTER ÇA !
ET LE DERNIER JOUR DE NOTRE VOYAGE COÏNCIDE AVEC SON ANNIVERSAIRE
OUAH !

## La radio

J'écoute la radio en dessinant. C'est très distrayant ! J'ai envoyé un fax pour faire connaître mon opinion à une émission.

C'est normal !

À la radio, on peut entendre des musiques très variées et c'est tant mieux ! J'adore écouter des chansons. Quels groupes conseilleriez-vous ? Moi, ce serait HY, Flow et Remioromen.

♡ J'adore aussi Norah Jones !

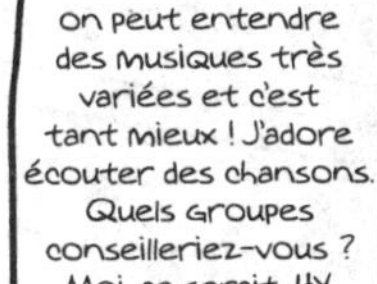

C'est un chien...

KEI, C'EST TOI ?
MON ONCLE M'A DIT QUE TU SERAIS LÀ
JE VOULAIS TE VOIR !
QUI C'EST ?
ELLE EST BIEN MIGNONNE !
AAH
POF
HAN

BA-TAM
FRR
FRR
HÉ !
QUI C'EST CELLE-LÀ ?
C'EST...
SUPER ! COMMENT T'AS FAIT ?
C'EST TOUT L'EFFET QUE ÇA LUI FAIT ?
QUI ES-TU ?
WOUAH
JE M'APPELLE HIKARI HANAZONO !
HI HI HI
HIKARI...
MOUAIS...

JE M'EN FICHE !
POURQUOI ELLE A DEMANDÉ SON NOM ALORS ?
AH OUI ?
HH HH
NO——ON
MOI, JE SUIS LA COUSINE DE KEI !
SA COUSINE ?
OH...
J'AI UN AN DE MOINS
MON NOM EST NAGI TAKISHIMA
JE SUIS LA FIANCÉE DE KEI !
FIANCÉE AUTO PROCLAMÉE PLUTÔT
HA HA HA
CE MOT N'EXISTE PAS DANS MON DICTIONNAIRE
QU...
TU AS DÉJÀ UNE FIANCÉE ?
...
C'EST IMPRES-SIONNANT !

JE NE VOIS PAS EN QUOI !
GRRR
OH
BON, J'Y VAIS
C'EST QUOI SON PROBLÈ-ME ?!
...
OUAH !
QUELLE DEMEURE !
MAIS IL N'Y A PAS QUE LA MAISON QUI IMPRESSIONNE...

LA RÉGION EST UNE DESTINATION DE VACANCES HUPPÉE
IL Y A DONC ICI BEAUCOUP DE RÉSIDENCES DE LUXE
CELLE DE LA FAMILLE DE KEI EST TOUT PRÈS
JE PARIE QUE NAGI LOGE LÀ-BAS !
AH OUI ?
VOICI TA CHAMBRE, HIKARI ♡
MERCI MAIS QUELLE DÉCO...
Lovely Hikari
ON T'APPELLERA POUR LE DÎNER
OK !
HUM
...
AU FAIT, POURQUOI TAKISHIMA...
QU... QUEL LUXE !
ÉTAIT-IL AUSSI EN COLÈRE TOUT À L'HEURE ?
...
C'EST SON ANNIVERSAIRE...
ALORS...
JE VOUDRAIS LUI FAIRE PLAISIR...
ET LE VOIR CONTENT

4

La nourriture

J'adore manger ! J'adore aussi contempler des plats. Je suis très heureuse rien qu'en admirant les étals des traiteurs qui se trouvent toujours au sous-sol des grands magasins japonais. ♡

Mais j'ai des goûts très marqués. Il y a beaucoup d'aliments que je n'aime pas comme le poisson cru, les oeufs ou la mayonnaise... Mes amis en sont stupéfaits ! En fait, même si je suis incapable de manger ces aliments, j'adore les regarder ! C'est mal ?

C'est un chat.

TOUT EST MAGNIFIQUE ICI...
C'EST UN BANQUET ?
OUAH
NOTRE CUISINIER S'EST DONNÉ BEAUCOUP DE MAL
POUR CE SOIR...
C'ÉTAIT QUOI, CE BRUIT ?!
EH
BADABAM
TAPTAP
TAPTAPTAPTAP
TAP TAP
PFFUIT C'EST PEUT-ÊTRE...
LE TERMINATOR ?
TRALALA
KEI ♡
HA HA HA
HA—
ENCORE ELLE !
OOO—H
TU AVAIS DISPARU ALORS JE SUIS VENUE TE CHERCHER !
COMME TOUT ÉTAIT FERMÉ À CLEF, J'AI TOUT CASSÉ
CASSÉ ?
...
ALLEZ, RENTRONS !
!!
HOP
...
TERRIFIÉ
IL A ESQUIVÉ
Jun !!

MAIS...
QU'EST-CE QUE TU FAIS ?
TU ENTRES PAR EFFRACTION DANS UNE MAISON ET TU EMPOIGNES UN INCONNU !
POUR QUI TU TE PRENDS ?!
JUN !
EXCUSE-TOI !
ET LÂCHE-LE !
...
JE VEUX...
ÊTRE AVEC KEI
BRR
OUF !
ON FÊTERA SON ANNIVERSAIRE ENSEMBLE !
TU EXAGÈRES...
NAGI !
AH
OUI ?
QUELQU'UN VA VENIR TE CHERCHER. RENTRE CHEZ TOI
CESSE DE DÉRANGER MES AMIS
EUH...
NON
NON

HUM !
AH...
BRRR
BRRR
EUH...
JE NE T'AIME PLUS !
TU ME FAIS PEUR !
AAAH
AÏE !
BONJOUR L'AMBIANCE !
HM
CE SONT NOS PREMIÈRES VACANCES ENSEMBLE ET C'EST SURTOUT L'ANNIVERSAIRE DE TAKISHMA !
IL Y A BIEN DES CHEVAUX ICI, NON ?
SAUVONS LA SITUATION !
MOI, JE SAIS MONTER CONTRAIREMENT À TOI, MISS N°2 !
ON POURRA FAIRE DU CHEVAL DEMAIN ?
J'AIMERAIS BEAUCOUP !
POURQUOI PAS...
OUI...
...
OH NON, ÇA NE S'AMÉLIORE PAS
HÉ HÉ HÉ
QUOI ?

TU ME CHERCHES ?
TOUTES MES EXCUSES POUR LES DÉGÂTS CAUSÉS PAR MA COUSINE. NOUS PRENDRONS EN CHARGE LES TRAVAUX DE RÉNOVATION
AKIRA...
CE N'EST PAS GRAVE. POURQUOI ES-TU SI GENTIL TOUT À COUP ?
L'HORREUR !
HI HI
TU NE VEUX PLUS QUE JE TE REMBOURSE ?
RA-DIN !
À AKIRA, EN PLUS !
KEI S'EST EXCUSÉ ?!
!!!
L'ATMOSPHÈRE...
OUF !
EST REDEVENUE COMME D'HABITUDE
C'EST GRÂCE...
À KEI TAKISHIMA
HÉ ! TU TE METS ENCORE À CÔTÉ DE HIKARI ?
TON PLAT VA REFROIDIR
HA HA HA
ET JE SUIS JALOUSE...

ALLEZ !
OUBLIONS TOUT ÇA
DES CHEVAUX !
OUAH ! ♡
TIENS, OÙ EST TADASHI ?
TADASHI...
IL EST PARTI EN LAISSANT UN MOT
LE VAURIEN !
JE PARS VOYAGER SE
CAR LA MONTAGNE
M'APPELLE. POUR
AKIRA : ESPÈCE
DE
LE !!
PS : JE REVIENS POUR L'ANNIVERSAIRE DE KEI
BON...
C'EST VRAI QU'IL AIME ÊTRE SEUL !
HUM ?
RYU ?
IL EST ENTOURÉ DE CHEVAUX...
GUILI
...

REGARDE, AKIRA !
AH !
LES CHEVAUX ...
CLOP
CLOP
ILS SE SONT MIS EN CERCLE AUTOUR DE LUI !
HA HA
VENEZ MES CHÉRIS !
IL COMMUNIE AVEC LA NATURE ?
JE VOIS, RYU A UN DON POUR PARLER AUX ANIMAUX !
HA HA ! VOUS ÊTES SI MIGNONS !
MAINTENANT, JE COMPRENDS MIEUX POURQUOI MÉGUMI ET JUN L'ADORENT
HUM

CLOP
J'Y VAIS
TU VAS VOIR, JE VAIS TE DOUBLER TOUT DE SUITE
ESSAIE SEULEMENT !
ON A EU DES COURS D'ÉQUITATION !
GRRRR

J'Y VAIS
AH
NAGI !
SOURIRE CYNIQUE DE LA FAMILLE TAKISHIMA
JE NE VEUX PAS ÊTRE BATTUE PAR LUI...
ET ENCORE MOINS PAR SA COUSINE !
HOP
TU AS RÉUSSI À MONTER !
CLIP CLOP
NE TE MOQUE PAS DE MOI !
OH
TAKISHIMA, REGARDE !
JE VAIS RÉUSSIR CE SAUT D'OBSTACLE !
ARRÊTE, C'EST DANGEREUX !
ET ALORS ?!
...

CLOP
CLOP
?
YAAA
YEAH
FRRR
CHEVAL, PARDON !
HIIIIII
AAH !!
C'EST NAGI !
IL LUI EST ARRIVÉ QUELQUE CHOSE !
HÉ !
AH
MINCE !
AH
CE N'EST PAS LA PEINE, HIKARI !
CLOP
CLOP
ELLE LE FAIT TOU-JOURS EXPRÈS...

NAGI !
TAP TAP TAP
QUOI ?
CE N'EST QUE TOI ?
KEI NE VIENT PAS ?
CE N'EST PAS LE MOMENT !
TON CHEVAL S'EST EMBALLÉ !
JE VEUX KEI, MOI !
PEUT-ÊTRE, MAIS ATTRAPE MA MAIN D'ABORD !
ET SAUTE !
PAF
FRR
AH !
HEIN ?

OUAH !
AH...
COMMENT...
OH NON !
HIKARI !
TAKI-SHIMA ?!

HIKARI ! ATTRAPE MA MAIN !
NON !
MOI ÇA VA, OCCUPE-TOI PLUTÔT DE NAGI !
IDIOTE !
BON, D'ACCORD
HEIN ?
NAGI !
JOLIES FLEURS
ET ANGELOTS
QUOI ?!
FLAP
ARRÊTE TA COMÉDIE !
TU PEUX DESCENDRE TOUTE SEULE, NON ?
...

HOP
C'EST PAS VRAI !
TAP
MM...
MAIS...
ELLE ÉTAIT CAPABLE DE DESCENDRE TOUTE SEULE...
AAAH

MAIS QU'EST-CE QUE C'EST QUE CETTE FILLE ?!
ELLE OSE DÉFIER HIKARI COMME ÇA ?!
ALLONS, ÇA VA !

AAAH
TU AURAIS PU MOURIR !
MA PAUVRE HIKARI !
AH ? DÉSO-LÉE
ON A TOUT VU !
ELLE A DONNÉ DES COUPS DE PIEDS AU CHEVAL
ET ELLE AVAIT UNE EXPRESSION DÉMONIAQUE !
BRR
BRR
HORRI-BLE !
Un vrai monstre !
QUOI ?
C'EST ELLE QUI A EXCITÉ LE CHEVAL ?!
GRR
ET EN PLUS...
ELLE A FAIT PEUR À JUN ET À MÉGUMI ?!
RYU...
Ryu ! ♡
RYU !
PFF
BON, ÇA VA !
QUELLE AFFECTION !
L'AMBIANCE SE DÉGRADE...
ON VOU-DRAIT FAIRE LA FÊTE TOUS ENSEMBLE
AVEC NAGI AUSSI
C'EST UNE OCCASION...
CE N'EST PAS MARRANT...
MAIS OÙ EST KEI ?!
C'EST SA COU-SINE, NON ?
HOU
JE NE SAIS PAS OÙ IL EST...
ET POURTANT, C'EST DEMAIN, SON ANNIVER-SAIRE...
ON DEVRAIT FAIRE COMME UN FESTIVAL !
FÊTE DE TAKISHIMA
YOUPI !
YOUPI !
HA HA
OUAIS !

CE N'EST PAS LE MOMENT DE TRAÎNER !
VRR
!
AAH
TAKISHIMA ?
ON T'A CHERCHÉ PARTOUT !
OÙ ÉTAIS-TU PASSÉ SI TARD ?
IL EST MINUIT !
TAKISHIMA !
UNE PETITE PROMENADE !
AH OUI ?
HEIN ?

JOYEUX ANNIVERSAIRE !
ALLEZ, BONNE NUIT !

DEPUIS TOUJOURS...
JE VEUX TE SURPASSER
BON !
PASSE UN TRÈS BON JOUR D'ANNIVERSAIRE !
J'Y SUIS PRESQUE !
MAIS...

QU'EST-CE QUI SE PASSE ?
AH ! SALUT, TADASHI !
VOUS ÊTES SUPER TENDUS...
BLA BLA
SALUT
PAS COOL...
TOI, TU ES COMME D'HAB !
HA HA HA
POURQUOI TU DIS ÇA ?
AH !
AIDEZ-MOI SAUF TAKISHIMA !
T'AIDER À QUOI ?
JE NE VEUX PAS EN PARLER DEVANT LUI...
ET SI ON LAISSAIT TOMBER ?
C'EST UN SECRET
...

NAGI VA ENCORE VENIR POUR TOUT CASSER !
ALORS...
ON RENTRE ?
MAIS...
CE N'EST PAS JUSTE !
C'EST VRAI, ELLE PEUT DÉTRUIRE ENCORE LA MAISON D'AKIRA...
ET L'AMBIANCE N'EST PAS TERRIBLE
ELLE A TERRIFIÉ JUN, MÉGUMI ET UN CHEVAL !
POUR LA MAISON, CE N'EST PAS UN PROBLÈME
C'EST PLUTÔT QUE...
JE NE VEUX PLUS VIVRE DANS CETTE ATMOSPHÈRE
AUJOURD'HUI, C'EST...
HÉ !

L'ANNIVERSAIRE...
ATTENDEZ ! ON EST LÀ POUR QUOI ?
QUANT À LA FAMEUSE NAGI...
JE L'AI INVITÉE AUJOURD'HUI
QUOI ?
MAIS POUR-QUOI ?
COMME C'EST TRÈS DANGEREUX QU'ELLE SOIT À L'INTÉRIEUR, JE LUI AI DONNÉ RENDEZ-VOUS DANS UN ENDROIT SÛR
EN FAIT, ELLE VOUDRAIT S'EXCUSER
HÉ HÉ

...
SI... C'EST AINSI...
PAS DE PROBLÈME !
QUAND ELLE AURA DIT CE QU'ELLE A À DIRE, ON POURRA L'INVITER À LA FÊTE, NON ?
Hi Hi Hi Hi Hi
...
POURQUOI PAS ?
SAUVÉS !

JE SUIS...
À CONTRE-CŒUR
DÉSO-LÉE !
!!?
KEI !!
TAC
TAC
...
ELLE SE FICHE DE NOUS, NON ?!
NAGI...
BOOOM
GULP
NON, JE NE VEUX PAS !
JAMAIS !
NAGI ?
AUJOURD'HUI, C'EST TON ANNIVERSAIRE !

JE VOULAIS LE FÊTER JUSTE AVEC TOI !
POURQUOI TU AS EMMENÉ TOUS CES GENS ?!
EN PLUS...
TU NE PARLES PLUS QUE DE HIKARI !
POUR QUE JE M'EXCUSE, TU AS ACCEPTÉ TOUS MES CAPRICES...
TU AS MÊME DÎNÉ AVEC MOI POUR M'ÉCOUTER...
TOUT ÇA, C'ÉTAIT POUR CETTE FILLE, NON ?!
ZUT...
BINGO !
OH LÀ LÀ !!
!?

KEI EST TOUT POUR MOI !
WAAAAAA
KEI EST LE SEUL DIGNE DE MOI. JE SUIS SANS ÉGALE !
GRR
NAGI...

JE TE DÉTESTE !
JE VOIS...
NAGI...

TU AIMES TAKISHIMA...
DU PLUS PROFOND DE TON ÊTRE !
QUE TU TE MONTRES SI ÉGOÏSTE
C'EST POUR CELA...
JE SUIS DÉSOLÉE
MAIS...
PARDON D'AVOIR GÂCHÉ CE JOUR SI IMPORTANT POUR TOI
EXCUSE-MOI

PERSONNE N'A LE DROIT...
D'IGNORER LES SENTIMENTS DE QUELQU'UN...
!
NI DE L'EMPÊCHER DE VEILLER SUR CELUI QU'IL AIME
...
PARDON
FAISONS LA FÊTE TOUS ENSEMBLE

ALORS, ON Y VA ?
HM
OH ! OH !
HIKARI ?
EST-CE QUE ÇA VA ?
ÇA VA ! ET MERCI À TOI !
HÉ HÉ
PAS DE QUOI !
TOUT CE QUI COMPTE POUR MOI, C'EST DE TE VOIR HEUREUSE, HIKARI !
QUELLE DÉCLARATION !
?
...
AH ? C'EST SYMPA !
C'EST DE L'IRONIE ?
HIKARI...
KEI...
PFF
Elle est boudée !
...
NAGI
TU VIENS AVEC NOUS ?
TOUS ENSEMBLE...

FAISONS LA FÊTE !
COMMENT ÇA ?!
ELLES SONT MOCHES, VOS DÉCOS !
EST-CE QUE...
ET MAINTENANT
VOICI LES DAMES ! ♡
OH !

ÇA LUI PLAÎT OU PAS ?
QU'EST-CE QU'IL Y A ?
RIEN DE SPÉCIAL
TU VEUX ME DIRE QUELQUE CHOSE ?
JOYEUX ANNIVERSAIRE, KEI !
DE LA MUSIQUE D'ENFER ! ♡
TIENS...
ON T'OFFRE NOS COMPOSITIONS ET NOS INTERPRÉTATIONS
JE NE PENSAIS QU'À CES DÉCORATIONS
J'AI COMPLÈTEMENT OUBLIÉ !
J'ACCEPTE...
MAIS UNIQUEMENT VOTRE TÉMOIGNAGE D'AMITIÉ !
HIKARI !
C'EST UNE MONTRE BULGARI ♡
MERCI
J'AI LA MÊME !
JE N'AI RIEN PRÉPARÉ !
GLOUP
OH NON !
...

C'EST MALIN, JE N'AI RIEN POUR LUI ALORS QU'IL EST TOUJOURS LÀ POUR M'AIDER...
EUH...
EN FAIT... TON CADEAU...
TU ME L'AS DÉJÀ OFFERT !
HEIN ?
MAIS CES DÉCORATIONS NE SONT PAS...
NON
C'EST PLUS QUE ÇA
TU M'AS OFFERT...
EST-CE QUE...
QUELQUE CHOSE DE PLUS PRÉCIEUX !
TAKISHIMA EST HEUREUX ?

...
MAIS...
QU'EST-CE QUE TU VEUX DIRE ?!
...
C'EST REPARTI !
QUOI ?!
SI JE TE LE DIS, TU ME DEVRAS UN POINT !
JE VOUDRAIS QU'IL LE SOIT POUR SON ANNIVER-SAIRE...
"JOYEUX ANNIVERSAIRE !"

ÉPISODE 4

DANS LA RUE, J'AI FAIT CE SONDAGE : "POUR VOUS, C'EST QUOI ÊTRE RICHE ?"
EUH... C'EST ALLER DANS CE FAMEUX LYCÉE OÙ IL Y A LA CLASSE S.A
C'EST VRAIMENT L'ÉLITE LÀ-BAS !
IL PARAÎT QU'ILS N'ONT RIEN À VOIR AVEC NOUS !
C'EST DANS CE LYCÉE RENOMMÉ ET FRÉQUENTÉ PAR LES ÉLITES LES PLUS FORTUNÉES...
QUE J'ÉTUDIE, MOI, HIKARI HANAZONO (15 ANS) !
DÈS MES 16 ANS, JE ME TROUVERAI UN PETIT BOULOT !
IL Y EXISTE UN SYSTÈME INSOLITE...

LES ÉLÈVES DE CHAQUE NIVEAU SONT RÉPARTIS SELON LEURS RÉSULTATS SCOLAIRES DANS SIX CLASSES DE A À F
PARMI TOUTES LES CLASSES A DE CHAQUE NIVEAU, LA PLUS PERFORMANTE EST APPELÉE…
SPECIAL A, EN ABRÉGÉ, S.A
LES ÉLÈVES DE LA S.A PORTENT UN UNIFORME DIFFÉRENT DES AUTRES ET ÉTUDIENT DANS UN AUTRE BÂTIMENT
ON CONSIDÈRE CETTE CLASSE COMME UN PARADIS
MAIS TU ES DEVENUE FOLLE, HIKARI ?
FAIRE UN PETIT BOULOT ? TOI QUI ES DANS LA S.A ?
AKIRA TODO, EN SECONDE S.A, 6E DE LA PROMOTION, FILLE DU PRÉSIDENT D'UNE COMPAGNIE AÉRIENNE
POURQUOI ? TU MANQUES D'ARGENT À CE POINT ?
DIS-MOI…
NON
JE PEUX FAIRE QUELQUE CHOSE POUR TOI ? ♡
TU VEUX ÊTRE MA CONFIDENTE À DOMICILE ! ♡
EUH…
…

AKIRA, TU ME DÉGOÛTES !
BRR
TU LA RAMÈNES ENCORE, TOI ?
LE RÈGLEMENT INTERDIT AUX ÉLÈVES DE TRAVAILLER ...
PAF
TU N'AS QU'UN MOT À DIRE POUR FAIRE CHANGER ÇA...
C'EST PAS TOI LE FILS DU DIREC- TEUR ?
ET UN VAURIEN EN PLUS !
AÏE ! AÏE !
TADASHI KARINO, EN SECONDE S.A, 5E DE LA PROMOTION, FILS DU DIRECTEUR DE L'ÉCOLE
(IL FUGUE DE TEMPS EN TEMPS)
Hikari
MERCI À VOUS !
SI TU VEUX, TU PEUX VENIR CHEZ NOUS !
POF
POF
TU PEUX TRAVAILLER DANS UNE BOUTIQUE DE MES PARENTS
JUN YAMAMOTO, EN SECONDE S.A, 3E DE LA PROMOTION, FILS D'UN PRODUCTEUR DE MUSIQUE ET D'UNE DIVA
HÉ HÉ
Si tu veux, je demande à mes parents s'ils ont besoin de quelqu'un
MÉGUMI YAMAMOTO, EN SECONDE S.A, 4E DE LA PROMOTION, SŒUR JUMELLE DE JUN
RYU TSUJI, EN SECONDE S.A, 7E DE LA PROMOTION, FILS D'UN FABRICANT D'ARTICLES DE SPORT

[1] Environ 0,20€

NE M'AP-PELLE PAS COMME ÇA !
HIKARI HANAZONO, FILLE D'UN CHARPENTIER, 2 E DE LA PROMOTION !
SI JE SUIS DANS CE LYCÉE QUI N'A RIEN À VOIR AVEC MON MILIEU...
RUE COMMER-ÇANTE
C'EST POUR SURPASSER KEI TAKISHIMA!
QUAND J'ÉTAIS PETITE...
MON PÈRE, GRAND FAN DE CATCH, M'A ENTRAÎNÉE AU COMBAT ET JE ME CROYAIS INVINCIBLE
MAIS IL M'A VAINCUE TRÈS FACILEMENT
IL A AJOUTÉ...
PFF, JE M'ENNUIE !
JE M'ATTENDAIS À MIEUX...
MON DÉSIR DE REVANCHE S'EST DÉCUPLÉ...
HIKARI →
J'AI DONC SUPPLIÉ MES PARENTS DE ME PAYER CETTE ÉCOLE...
C'EST POUR ÇA QUE JE VOUDRAIS LES SOULAGER FINANCIÈREMENT EN PRENANT UN PETIT BOULOT
DANS LE SEUL BUT DE LE SURPASSER !

AU FAIT, NOUS SOMMES ENSEMBLE DEPUIS L'ÉCOLE PRIMAIRE
AH ! HIKARI !
OUI ?
QU'EST-CE QUE TU FAIS DEMAIN ?
PIQUE-NIQUE PRÉPARÉ PAR AKIRA ♥
RIEN, POURQUOI ?
KEI ! NE ME VOLE PAS HIKARI !
MON PÈRE VOUDRAIT TE RENCONTRER
TON PÈRE ?
IL SE SERT DE SON PÈRE POUR ATTIRER HIKARI ?
IL EST IMPATIENT DE PARLER DE CATCH AVEC QUELQU'UN
POURQUOI PAS ? J'ADORE TON PÈRE !
...
SUR CES ENTREFAITES...
M. JIRO A L'AIR TRÈS OCCUPÉ EN CE MOMENT
PÈRE DE HIKARI
OUI, IL EST AVEC UN CLIENT EXTRÊMEMENT EXIGEANT

RÉSIDENCE DE LA FAMILLE TAKISHIMA
OUAH !
C'EST VRAI QUE JE N'ÉTAIS JAMAIS VENUE CHEZ TOI
PEUT-ÊTRE MAIS...
QU'EST-CE QUE VOUS FAITES LÀ, VOUS ?
JE NE VOUS AI PAS INVITÉS !
HA HA HA
MAIS ON ÉTAIT LIBRES ! ♡
MOI, NON !
KOF

LES TROIS AUTRES SONT OCCUPÉS
MA PETITE HIKARI !
PRÉSIDENT !
PÈRE DE KEI, 35 ANS
ÇA Y EST !
MONSIEUR !
HIKARI ! TU M'AS TELLEMENT... ♡
LE PÈRE DE KEI A L'AIR D'UN GAMIN !
IL NE CHANGE PAS
35 ANS
MANQUÉ !
BOM
PAF
PAF
VOUS...
AUSSI...

MAIS À QUOI...
VOUS JOUEZ ?!
AH
LE PIED SUR LA TÊTE DE SON PÈRE
DE QUOI TU TE MÊLES, KEI ! HIKARI ALLAIT ME DONNER UN COUP SUPER PUISSANT !
MAIS OUI ! TU DÉRANGES, TAKISHIMA !
COMBIEN DE FOIS FAUDRA-T-IL TE LE RÉPÉTER ?
GRR
PFF
TU ES UNE FILLE, NE TE MESURE PAS À UN HOMME !
ILS INVERSENT LES RÔLES !
DRÔLE DE FAMILLE...
KEI, C'EST QUOI CE SERMON ?!
OUAIS, D'ABORD !!
...
KEI, NE ME REGARDE PAS COMME ÇA !
OH !

VLAM
C'EST ENCORE PLUS GRANDIOSE QUE LA RÉSIDENCE SECONDAIRE D'AKIRA !
TROP, C'EST TROP !
MAIS MADAME, CALMEZ-VOUS...
NON ! JE N'EN PEUX VRAIMENT PLUS !
QU'EST-CE QUI SE PASSE ?
DEVANT LES INVITÉS...
IL Y A QUELQU'UN...

CRiii
AAH
C'EST TAKISHIMA EN MINIATURE !
C'EST MON PETIT FRÈRE
HEIN ?
SUI
OH
TU AS UN FRÈRE ?
OUI
JE NE SAVAIS PAS...
JE NE ME SENS PLUS CAPABLE D'ÊTRE SON PROFESSEUR !
MÊME TOI, HIKARI ?
ENCORE ?!
...
TOUT CELA ME MET...
QUE S'EST-IL PASSÉ ?
MONSIEUR...
VOUS VOULEZ SAVOIR ?
J'ESSAIE DE LUI ENSEIGNER DES CHOSES, MAIS IL FAIT COMME SI JE N'EXISTAIS PAS !
IL SE MET MÊME À JOUER À DES JEUX VIDÉO...
PAS LA PEINE DE REVENIR !
BYE, BYE, VIEILLE PEAU !

Divers...

C'est la dernière colonne de ce volume. Merci d'avoir lu mes bavardages très personnels ! Merci aussi à tous ceux qui ont lu ce tome, je suis déjà très émue que vous l'ayez entre vos mains ! Je suis encore au tout début de ma carrière, mais j'espère que vous vous amuserez bien en lisant mes mangas.

Ce serait gentil de m'envoyer vos impressions !
Adresse :
Maki Minami
Hakusensha "Hana to yume"
Henshu-bu
2-2-2
Kanda Awaji-cho,
Chiyoda-ku,
Tokyo 101-0063
Japon

POUR QUI TU TE PRENDS ?!
TU RESSEMBLES TROP À TON FRÈRE !
AH !
...
PORTE DÉFONCÉE
QUELLE...
HIKARI...
IMBÉCILE !
JE VEUX RENTRER !
MAIS NON, NE T'INQUIÈTE PAS, HIKARI !
MAIS...
JE VOUS PRÉSENTE...
TOUTES MES EXCUSES !

...
HI HI HI
SI TU VEUX...
PÈRE, 35 ANS
?
HIKARI VA DONNER DES COURS DE SOUTIEN !
OUI ! POUR REMBOURSER LA PORTE
IL EST EN 6e B
SON PÈRE VEUT QU'IL ENTRE L'ANNÉE PROCHAINE EN CLASSE DE 5e A
MANUEL DE 6e
ÉTUDIE !
EUH, HIKARI...
ÉCOUTE...
C'EST PAS UNE BONNE IDÉE...
QUOI ?
ON A VU TA PÉDAGOGIE...
LORS DU MATCH DE BASKET
POUR ENSEIGNER...
TU ES NULLE !
COMMENT ?!
OUH OUH
...
MAIS OUI !
C'EST VRAI !
TU ES SON GRAND FRÈRE ! POURQUOI TU NE T'OCCUPES PAS DE LUI ?!
JE NE SUPPORTERAI PAS QUE HIKARI VIENNE TOUS LES JOURS CHEZ TOI !

JE N'AIME PAS ENSEIGNER DES CHOSES AUX AUTRES !
TU MENS !
ON A VU LORS DU MATCH QUE TU ÉTAIS MÊME SUPER DOUÉ
HÉ HÉ
ATTENDEZ UN PEU !
HIKARI, TU PEUX LAISSER TOMBER
AH ?
ÇA RIME À QUOI D'ENSEIGNER...
À QUELQU'UN QUI N'A AUCUNE ENVIE D'APPRENDRE ?
QUOI ?
C'EST TON PETIT FRÈRE, NON ?
COMMENT TU PEUX DIRE ÇA AVANT MÊME DE L'AVOIR FAIT ?
ESSAIE TOUJOURS !
TAC

TU VAS VOIR, TAKISHIMA !
T'ES NULLE !
QUOI ?!
T'ES POURTANT UNE AMIE DE MON FRÈRE...
T'ARRÊTES PAS DE RÉPÉTER LA MÊME CHOSE
"RÉSOUS BIEN CE PRO-BLÈME !"
"APPLIQUE-TOI !"
TU RADOTES, MA PAUVRE !
QUELLE IDIOTE !
IL EST COMME LUI...
QUELLE IDIOTE ! HA HA HA
BOM

RÉFLÉCHIS, SI T'AS BESOIN D'UNE IDIOTE COMME PROF...
T'ES ENCORE PIRE !
POF
PAF
PAF
AÏE AÏE AÏE AÏE
JE VAIS PORTER PLAINTE POUR VIO-LENCE !
TRÈS BIEN !
VAS-Y !
MOI, JE PORTE PLAINTE POUR HARCÈLEMENT MORAL !
HA, HA, COMPRIS ?!
JE ME DEMANDAIS CE QUE VOUS FAISIEZ...
TU N'AS PAS D'AVOCAT !
AH
MAIS C'EST ENCORE PIRE QUE CE QUE JE PENSAIS !
NIARK
TAKISHI-MA ! DEHORS !!
VLAN
CLAC
AVEC PLAISIR ! CONTI-NUEZ !

KEEI...
KEI ! AU SECOURS !
HOOO !
PATRON, CE N'EST PAS LE MOMENT !
SON PÈRE ?
OUIIN
PÈRE DE KEI, 35 ANS
ON A UNE RÉUNION AVEC DES CLIENTS !
S'IL TE PLAÎT, VIENS AVEC MOI !
J'AI DÉJÀ DIT NON
JE NE ME RAPPELLE PAS !
ILS ME SURNOMMENT "PATRON-MINETTE" ♡
N'IMPORTE QUOI !
ET ILS M'ONT PRÉPARÉ UN UNIFORME DE LYCÉENNE,TU VOIS LE TABLEAU ?
ÇA MARCHE, SA SOCIÉTÉ ?
QUAND TU ES LÀ, TOUT VA TRÈS BIEN ET TRÈS VITE !
← PÈRE
MAIS ENFIN !
FAIS QUELQUE CHOSE !
C'EST TOUJOURS PAREIL !
POUR LES RÉUNIONS IMPORTANTES, QUAND KEI EST LÀ, TOUT S'ARRANGE
PFF
IL EST BIZARRE !
ET SUI ?
BON, J'Y VAIS

BON COURAGE !
HI HI HI
MOI, ÇA VA ÊTRE UNE PARTIE DE PLAISIR
PFF
...
ATTENDS VOIR !
POUR LA SOCIÉTÉ...
JE NE PEUX QUE GAGNER !
HIKARI ! ARÊTE DE LIRE EN MANGEANT !
HIKA-RI !
BLA BLA
ÉCOUTE !
NOUNOURS...
PHYSIQUE FACILE
ÉTUDIONS AVEC NOUNOURS !
COMME PROF, TU NE VAUX RIEN !
Nounours
VLAF

BON, ON CHANGE DE STRATÉGIE !
TIENS ? ÇA NE TE VEXE MÊME PAS ?
BIEN SÛR QUE SI
SPAF SPAF
PARDON LES FEUILLES !
MAIS POUR BATTRE TON FRÈRE, JE SUIS PRÊTE À TOUT !

QUOI ? MAIS T'ES FOLLE !
IL EST INVINCIBLE !
QU'EST-CE QUE T'EN SAIS ?
IL SAIT TOUT FAIRE EN UN CLAQUEMENT DE DOIGTS !
TU L'AS DÉJÀ VU FAIRE DES EFFORTS DÉSESPÉRÉS ?
...
OUI !
UNE FOIS
LE JOUR DU MATCH DE BASKET, IL A COURU VERS MOI DE TOUTES SES FORCES !
MENTEUSE !
JE NE MENS PAS !
ALORS, PROUVE-LE !
AH
D'ACCORD !
FASTOCHE

TOC TOC
...
EN-TREZ ?
VLAM
?
TAKISHIMA !
TU L'AURAS VOULU !

?
ZWIP
COMMENT IL A FAIT ?
ARGH ?
VOULU QUOI...
AU JUSTE ?
TU TE PRÉCIPITES DANS LA CHAMBRE D'UN HOMME...
AH !
TAP TAP
NON !
TAP
AT-TENDS !
MAIS...
POF
TAP
TAP
!?
BAM

ET TU TE
JETTES
SUR LUI...
MAMAN... J'AI PEUR !
BRR
C'EST BIEN TOI QUI
L'AURAS VOULU !!
SBONG
AH !
AÏE !
GRR
TU...
GRR
...
GRRR
TU ME LE
PAIERAS !
ESPÈCE
D'IDIOT !
FUITE
DÉSES-
PÉRÉE
C'EST
VRAIMENT
NUL !

TU VOULAIS LE SURPRENDRE AVEC UNE ATTAQUE SURPRISE ?
QUEL FIASCO !
PRISE À TON PROPRE PIÈGE !
ILS M'ÉNERVENT, CES TAKISHIMA...
ESSAYONS AUTRE CHOSE...
ARRÊTE !
ON AURA BEAU ESSAYER, ON NE POURRA JAMAIS LE SURPASSER. POUR LUI, TOUT EST FACILE
IL NE S'INTÉRESSE PAS À MOI, QUOI QUE JE FASSE
JE NE POURRAI JAMAIS ÊTRE SON ÉGAL
ALORS JE M'EN FICHE DE L'ÉCOLE !
JE NE VEUX RIEN FAIRE !
...
TU AS COMPRIS MAINTENANT ?
ÇA NE SERT À RIEN !

SUI
TOUT ÇA M'EST ÉGAL, C'EST TA DÉCISION
AH !
...
TU FAIS COMME TU VEUX !
TU N'ES QU'UN...
ROBOT DANS LA PEAU D'UN HUMAIN !
TU ME DÉGOÛTES !
JE TE DÉTESTE !

JE SAIS
!
SUI ?!
TAP
TAKISHIMA !
POURQUOI EN ARRIVER LÀ ?
AH ?

FORCER QUELQU'UN NE SERT À RIEN...
ÇA LE REND JUSTE TRÈS MALHEUREUX
TAKISHIMA ?
ET IL EST LE SEUL À SOUFFRIR
AH, MAIS OUI !
J'AI COMPRIS...
JE VAIS TE DIRE QUELQUE CHOSE

TU M'ÉNERVES, MAIS TU NE ME DÉGOÛTES PAS
RASSURE-TOI !
C'EST JUSTE QUE TU N'ES PAS DOUÉ POUR T'EXPRIMER
À SA MANIÈRE...
BON, IL FAUT QUE JE LE RATTRAPE, JE SUIS SA PROF !

TAKISHIMA S'INQUIÈTE POUR SON FRÈRE
ET ÇA...
ÇA ME REND TRÈS HEUREUSE !

!
お好み焼
IL EST ENCERCLÉ PAR DES VOYOUS
MAIS QU'EST-CE QU'IL FAIT ?
HÉ !
!
VOUS LÀ-BAS !
À QUOI VOUS JOUEZ ?

QUELLE QUESTION !
IL FAUT PAYER POUR PASSER PAR LÀ ! ♡
ON RÉCOLTE UNE TAXE DE PAS-SAGE !
WAOUH !!
ET CE MINUS SE LA JOUE TROP...
T'ES MIGNONNE, TOI ! VIENS T'AMUSER AVEC NOUS !
J'ADORE CET AIR REBELLE ! ♡
HÉ, LA CRUCHE !
C'EST DANGEREUX, VA-T'EN !
LA FERME, TOI !
D'ACCORD !
SI VOUS LÂCHEZ LE PETIT...
JE VEUX BIEN M'AMUSER AVEC VOUS !

COOL !
T'ES CINGLÉE !
POF
HÉ !
C'EST TOI QUI DOIS T'EN ALLER
ALLEZ...
SBAM
TU DÉRANGES, GAMIN !
S'IL ÉTAIT À MA PLACE, QUE FERAIT-IL ?
DANS CETTE SITUATION...
NON !

À QUOI ÇA SERT DE COURIR ?
IL VA PEUT-ÊTRE M'ENVOYER PROMENER...
CAR IL NE S'EST JAMAIS INTÉRESSÉ À RIEN
MAIS ALORS...
POURQUOI JE COURS VERS LUI ?
KEI !
CETTE IMBÉCILE DE HIKARI EST...
POUR-QUOI...

VERS CE GRAND FRÈRE AU VISAGE IMPASSIBLE...
HIKARI...
QUELLE IDIOTE !!
GRRRAH
TAP
ATTENDS !

COMMENT TU SAIS OÙ ELLE EST...
ET CE QUI SE PASSE ?
OÙ EST-ELLE ?
PAS DIFFICILE DE DEVINER CE QUI SE PASSE...
HUM
AH...
VERS LA GARE...
MON GRAND FRÈRE...
CE SERAIT PLUS RAPIDE EN VOITURE
HA A
HA A
PAF
COURT AVEC L'ÉNERGIE DU DÉSESPOIR ?

IL N'EST PAS
SI PARFAIT !
AAH
TIENS,
C'EST TOI !

QU'EST-CE QUE TU FAIS LÀ ?
HI HI HI ♡
VICTOIRE TOTALE... ♡
J'ÉTAIS TRÈS STRESSÉE DEPUIS QUELQUE TEMPS
J'AI PU ME DÉFOU-LER !
C'EST TOI QUI LES AS TABASSÉS COMME ÇA ?
JE T'AI VENGÉ, SUI !
OUAIS ! FACILE ♡
AUCUNE COORDI-NATION DANS LEURS ATTAQUES ♡
NON MAIS...
QUELLE IMBÉCILE !!
GRRRR

ENFIN !
QUOI ?!
TAP TAP TAP
ET MOI, COMMENT JE VAIS ME DÉFOULER, HEIN ?
ROF ROF
CLAC
BIP BIP
QU'EST-CE QUE TU FAIS ?
RIEN
BLA BLA
POUR QU'ILS NE TENTENT PAS DE SE VENGER...
HÉ HÉ HÉ
OH, LA MÉMOIRE EST PLEINE !
JE VAIS MÉMORISER TOUTES LES DONNÉES DE LEURS PORTABLES...
ÇA FAIT PEUR !
C'EST UN DÉLIT !
KEI
TU N'ES PAS PARFAIT...

OH
HUM
AH...
KEI N'EST PAS PARFAIT ...
TU AS LA JOUE GONFLÉE
ON VA RENTRER ET TE SOIGNER
MAIS CE GRAND FRÈRE IMPARFAIT...
MOI...

JE L'AIME !
ALLEZ !
J'AI PRÉPARÉ LES CAHIERS
ET J'AI DÉJÀ FINI MES DEVOIRS
QCM DE HIKARI
DIRECTION CHEZ SUI !
AH !
IL FAUT QUE TU SACHES UN TRUC...
QUOI ?
KEI♡
VLAM
QUOI ?
SUI ?!
QU'EST-CE QUE TU FAIS LÀ ?
AH ! HIKARI !

J'ALLAIS CHEZ TOI...
DÉSOLÉ, HIKARI
MAIS JE VAIS FINALEMENT DEMANDER À MON FRÈRE DE ME DONNER DES COURS
!!
J'ADORE ♡ MON FRÈRE !
YEUX TYPIQUES DE SHOJO MANGA... ♡
Hi
Hi
PETIT FRÈRE POT DE COLLE !!
EN FAIT, IL EST BEAUCOUP PLUS EFFICACE...
HIKARI !
NON, N'EN DIS PAS PLUS !
TU N'AS AUCUNE PÉDAGOGIE, HIKARI... ENFIN, TU VOIS...
PFH !
HA HA
ET EN PLUS...

C'EST COMME SI TOUT L'AMOUR EMPRISONNÉ EN MOI...
S'ÉTAIT SOUDAIN LIBÉRÉ ET JAILLISSAIT
SALE GAMIN !
IL EST DEVENU BIEN BAVARD !
MAIS TOI AUSSI, JE T'ADORE HIKARI !
HÉ !
COMME PROF AUSSI, TU ES MISS N°2 !
HÉ HÉ
TU VEUX QUE JE TE DONNE DES COURS ?
TU POURRAIS PEUT-ÊTRE AMÉLIORER TES RÉSULTATS D'EXAMENS !
UNE FOIS ENCORE...
TAKISHIMA A PRIS LA PREMIÈRE PLACE...
DEVANT HIKARI
JE TE DÉTESTE !
HA HA HA
OUI, ON SAIT !
OUAIS ! OUAIS !

LA CHORALE
INACHEVÉE

MON LYCÉE EST CÉLÈBRE POUR SA CHORALE
AH ! ILS COMMENCENT À RÉPÉTER
L'ACCOMPAGNEMENT N'EST PAS COMMUN...
C'EST TOUJOURS AUSSI BEAU
KAJIWARA LES ACCOMPAGNE AU VIOLON !
MAIS SAKAI AU PIANO EST PAS MAL NON PLUS !
MÊME S'IL S'AGIT D'UNE CHORALE...
NOUS AVONS DES ENTRAÎNEMENTS PHYSIQUES TRÈS RIGOUREUX
CAR NOUS RÉPÉTONS AVEC UN PIANISTE ET UN VIOLONISTE
MAIS LE PROBLÈME...
AH !

ENCORE DES FAUSSES NOTES !
C'EST QU'UNE CHORISTE CHANTE FAUX
UCHIDA !
ENCORE TOI !
GRR
POURQUOI CHANTES-TU AUSSI FAUX ?!
C'EST QUOI, TA PARTIE ? SOPRANE OU ALTO ?
CALME-TOI !
OH OH
BRR BRR
JE CHANTE FAUX, ET EN PLUS...
GLA GLA
MA TIMIDITÉ ME FAIT MOURIR DE TRAC...
GRR
DÉ-SO-LÉE
ELLE RÉTRÉCIT

TROIS TOURS DE TERRAIN !
PLUS 60 ABDOS !
ENVIRON 5 KMS
DEPUIS TOUJOURS, J'AI DU MAL À M'EXPRIMER
EN PUBLIC, JE ME METS À TRANSPIRER MALADIVEMENT...
SURVÊT
MAIS J'ADORE CHANTER
HA HA
TIENS ! ENCORE UCHIDA QUI COURT !
J'AI CHOISI DE FAIRE PARTIE DE LA CHORALE...
PARCE QUE JE CROYAIS POUVOIR CHANTER À PLEINS POUMONS AU MILIEU DES AUTRES...
MAIS C'EST LE CONTRAIRE...
HAN
HAN
JE N'ARRIVE PAS À CHANTER AVEC DES GENS AUTOUR DE MOI
C'EST MINABLE !
SNIF

[1]NdT : littéralement "chanson du début du printemps" composée par Akira Nakata - paroles de Kazumasa Yoshimaru.

ACCOMPAGNÉE PAR LUI
DE PRINTEMPS, CETTE SAISON N'A QUE LE NOM. ♫ LE VENT EST ENCORE SI FROID
L'IMPATIENT ROSSIGNOL DE LA VALLÉE
VLAN
OUPS
PÉTRIFIÉE DE PEUR
BRR
BRR
UCHIDA
ÇA ALORS !
TU CHANTES TRÈS BIEN FINALEMENT !

GLOUPS
TURBO !!
AAH !
IL M'A ENTENDUE CHANTER !
JE CHANTAIS N'IMPORTE COMMENT EN PLUS !
TU EN AS MIS DU TEMPS !
OÙ ES-TU ALLÉE COURIR ?!
UCHIDA
RÉSERVÉ POUR UCHIDA
RÉSERVÉ POUR UCHIDA
DÉSO-LÉE...
BRR
BRR
DU CALME
ELLE A BIEN COURU ET FAIT SES ABDOS !
TU ESSAIES DE LA PRO-TÉGER ?
VOUS VOULEZ COURIR VOUS AUSSI ?
ALLEZ, RÉPÉ-TONS !
COMME VOUS VOULEZ !
RÉSERVÉ POUR UCHIDA
TU AS ÉTÉ COURA-GEUSE !
DANS LA CHORALE TOUT LE MONDE S'ENTEND BIEN

C'EST COMME UNE OASIS POUR MOI
TIENS, KAJIWARA !
HUM
AH
KAJIWARA
CLIC
IL NE FAUT PAS QUE NOS REGARDS SE CROISENT !
UCHIDA !
AH
TU FAIS SEMBLANT DE NE PAS POUVOIR CHANTER ?
UCHIDA
AH ?
HÉ ! KAJI-WARA !
HEIN ?
C'EST PAS GENTIL DE LUI DIRE ÇA !
WA A A A
C'EST CLAIR !

UCHIDA S'EST DONNÉE BEAUCOUP DE MAL, CE N'EST PAS SA FAUTE...
ELLE CHANTE FAUX !
RIEN N'Y FAIT, ELLE A BEAU BOSSER
ALLONS, IZUMI !
AH !
ELLE A RÉTRÉCI
←UCHIDA
PARDON, UCHIDA
TU N'AS PAS À T'EXCUSER
C'EST VRAI QU'ELLE CHANTE FAUX
AR-RÊTE !
DÉSOLÉE...
OUPS
MAIS POURQUOI TU DIS ÇA ?
ELLE CHANTE SUPER BIEN !

JE SAIS CE QUE J'AI ENTENDU
TU CHANTAIS VRAIMENT BIEN TOUT À L'HEURE !
PROUVE-LE, ALORS !
BON, JE VAIS L'ACCOMPAGNER AU VIOLON
J'AIMERAIS RÉENTENDRE ÇA !
ELLE VA CHANTER "SOSHUN-FU" !
QUOI ?
MAIS...
PAS DE QUOI FAIRE CETTE TÊTE...
ON VOUDRAIT JUSTE T'ENTENDRE !

TIENS !
C'EST KAJIWARA ET SAKAMOTO !
QUOI ?
DEVANT TOUT LE MONDE ?
ALLEZ
BON COURAGE !
CHANTE !
AH
HAN
JE DOIS CHANTER EN SOLISTE ACCOMPAGNÉE PAR DES PROS COMME EUX ?
ET EN PLUS...
HAN

TIENS !
HA HA
ÇA RECOM-MENCE !
C'EST ELLE QUI CHANTE
C'EST ATROCE !
OH NON...
C'EST LA FIN...
JE N'Y ARRIVE PAS !
JE LE SAVAIS !

PFF
TU N'Y ARRIVERAS JAMAIS !
BAM
AH
QUELLE...
HUMILIATION !
SAKAMOTO
ON VA RÉPÉTER TOUS LES DEUX À PART
PARCE QUE DEVANT TOI, ELLE A TROP PEUR !
QUOI ?!
OH
UCHIDA EST CAPABLE DE CHANTER !

COMMENT ÇA, KAJI-WARA ?!
TU OSES ME CONTRE-DIRE ?
KAJI-WARA A RAI-SON !
JE VEUX SEULEMENT QUE...
TU ES TROP SÉVÈRE AVEC UCHIDA !
QUOI ?!
...
PARDON
AH OUI-II
C'EST TROP DUR POUR TOI DE CHANTER EN PUBLIC, C'EST ÇA ?
C'EST DOMMAGE !
OUI...
JE T'AI FORCÉ LA MAIN TOUT À L'HEURE
JE L'AI EU...
SUPER
À GAUCHE
AH... NON...
CAR TU CHANTES VRAIMENT BIEN !

JE...
JE NE SUIS PAS DU TOUT DOUÉE !
TU AS DÛ MAL ENTENDRE !
HUM
J'AI UNE TRÈS BONNE OREILLE
CAR POUR POUVOIR JOUER DU VIOLON...
IL FAUT IMAGINER LE SON AVANT DE LE JOUER
ET LE SON QUE J'AVAIS DANS LA TÊTE...
ÉTAIT TRÈS PROCHE DE TA VOIX
IL EST DONC IMPOSSIBLE QUE JE ME SOIS TROMPÉ SUR TA VOIX !

MA VOIX...
EST-ELLE VRAIMENT PROCHE DE CE MER-VEILLEUX SON ?
C'EST FINI POUR AUJOURD'HUI
AH ?
MAIS MOI...
JE N'AI RIEN RÉPÉTÉ !
OUI
TU CHANTES DÉJÀ TROP DANS LA CHORALE !
TU CHANTERAS LE MOMENT VENU !
EN PLUS, JE T'AI OBLIGÉE À CHANTER AUJOURD'HUI !

À DEMAIN MATIN, MÊME ENDROIT !
J'AI L'IMPRESSION...
D'AVOIR ÉTÉ ENSORCELÉE...
UCHIDA
SALLE DE MUSIQUE
UCHIDA
JE N'AIME PAS COURIR !
UCHIDA
QU'EST-CE QUE TU FAIS AVEC KAJIWARA, SI TÔT LE MATIN ?
OUPS
SAKAMOTO
BRR
BRR
RIEN... RIEN !
VRAIMENT !
MAIS QU'EST-CE QUE TU AS ?
TAP
AT-TENDS !
ON Y VA ?

EN RÉALITÉ, LE MATIN ON NE FAIT QUE DISCUTER
ON SE PARLE EN TOUTE SIMPLICITÉ
ET DE TEMPS EN TEMPS
IL JOUE DU VIOLON
ÇA ME DÉTEND
ET ÇA M'AIDE...
À CHANTER PLUS FACILEMENT

HÉ !
UCHIDA...
HAA
ALLEZ ! PARLE-LUI !
JE VEUX QUE TU PERSÉVÈRES !
KAJIWARA A TOUT FAIT POUR MOI...
C'EST VRAI QUE J'AI ENCORE PEUR...
BRAVO ! TU L'AS DIT !
NE ME TOUCHE PAS !
MAIS JE DOIS RASSEMBLER TOUT MON COURAGE...
OUI !

COURAGE !
LAISSE-MOI CHANTER ENCORE UNE FOIS EN SOLO !
ET PERSÉVÉRER...
SINON JE N'Y ARRIVERAI JAMAIS DE TOUTE MA VIE !
SAKAMOTO...

OH.
J'AI TOUJOURS...
UN TRAC HORRIBLE...
UCHIDA ?
AH...
BIEN SÛR !
UCHIDA...
ET JE N'AI AUCUNE CONFIANCE EN MOI

AH...
NON
TOUT VA BIEN !
LAISSE-TOI PORTER PAR L'ACCOMPAGNEMENT !
TU VAS Y ARRIVER !
TOUT VA BIEN
PFF
QUEL FRIMEUR !

"TOUT VA BIEN"
EN ENTENDANT CES MOTS SIMPLES DE KAJIWARA...
ET LE SON MERVEILLEUX DU VIOLON...
FFH
J'AI L'IMPRESSION DE POUVOIR RÉUSSIR
DE PRINTEMPS, CETTE SAISON N'A QUE LE NOM..

CAR LE VENT EST TOUJOURS SI FROID
AH !
TIENS, QUI CHANTE ?
MÊME L'IMPATIENT ROSSIGNOL DE LA VALLÉE...
QUELLE BELLE VOIX !
RETIENT SES CHANTS CROYANT QU'IL EST ENCORE TROP TÔT...
RETIENT SES CHANTS CROYANT QU'IL EST ENCORE TROP TÔT

GÉNIAL ! QU'EST-CE QUE TU CHANTES BIEN !
ÇA M'A FAIT PLEURER !
OUAIS
ÇA ALORS
WAOUH
UCHIDA...
AH
INCROYABLE, HEIN ? ♡
ÇA VA BIEN, TOI ?!
CÂLIN !
HI HI ♥

ALORS ?
DANS LA CÉLÈBRE CHORALE DE NOTRE LYCÉE...
J'AI ENCORE PLUS LE TRAC !
BO-BOM
BO-BOM
ALORS...
IL FAUT RÉPÉTER ENCORE ET ENCORE !
UNE NOUVELLE ATTRACTION...
VENAIT DE NAÎTRE !
MERCI BEAU-COUP !
LA CHORALE INACHEVÉE (FIN)

## PAGES BONUS
### LES TROIS FILLES DE LA S.A

EN RELISANT LES PLANCHES...
J'AI REMARQUÉ BEAUCOUP DE CHOSES...
AH ! C'EST QUOI, ÇA ?
PLANCHES
MAIS UN DÉTAIL SURTOUT A RETENU MON ATTENTION
AH
ILS ONT TOUS DES FRANGES TROP LON-GUES !
TRAÎNÉE QUI DÉPASSE MALGRÉ MOI
BEURK
TROP LONGUE
SURTOUT ← LUI
CERTAINS LECTEURS M'ONT ÉCRIT
Les cheveux de Kei lui couvrent quasiment les yeux, cela ne l'empêche-t-il pas de voir ?
MERCI POUR VOS LETTRES
AH !
JE VAIS LES RACCOURCIR !
SCRISH
SCRISH
TIENS ?
SCRISH
JE N'ARRIVE PAS À BIEN DESSINER !
FINALEMENT, J'AI ABANDONNÉ
JE CACHE LEUR VISAGE AVEC LES CHEVEUX, CAR JE NE SUIS PAS DOUÉE POUR DESSINER LES VISAGES
SNIF SNIF
C'EST TOUT
AS TRÈS BRILLANT TOUT ÇA...

# Page de manga express

COURAGE, TADASHI !

FIN

Uchida et Kajiwara

## S.A

Je n'imaginais absolument pas que ce manga allait devenir une série et encore moins qu'elle serait publiée en volume relié ! J'en suis vraiment très heureuse ! Merci à vous !

Parmi les membres de la S.A, je souhaiterais mettre en valeur d'autres personnages que Kei et Hikari.

Merci d'avance pour votre patience et votre soutien tout au long du déroulement de cette histoire !

La chorale inachevée
Je suis très contente d'avoir pu dessiner cette nouvelle qui conjugue le chant, le violon et le piano, car j'adore la musique. Je vois que mon écriture est encore très maladroite, mais j'espère que cela vous a plu !

# Pour finir...

Je vous remercie encore d'avoir lu jusqu'à cette dernière page.
Toute ma reconnaissance va à ma famille que j'adore, mes amis, mes assistantes qui m'aident beaucoup (elles n'étaient pas encore là quand j'ai dessiné les quatre chapitres de ce volume), mon ancien et mon nouveau responsable éditorial, et enfin à vous tous qui avez lu ce manga !

Je vous exprime mes plus sincères remerciements ! Je manque certainement encore de maturité, mais je ferai tout mon possible pour créer des œuvres qui vous plaisent vraiment !

À très bientôt !
Maki Minami

PAGES BONUS - FIN

Maki Minami
Special A
2
ÉDITIONS TONKAM

# Saki Hiwatari

# Embraced by the Moonlight - Réincarnations II

Nombre de volumes : 6
Code prix : TK 1
Genre : Comédie / Sentimental

Rin, Alice et leurs amis se retrouvent tous les ans pour se souvenir de ce qui les a réunis. Ren, le fils de Alice et Rin, et Kachiko, la fille de Mikuro, sont eux aussi devenu amis. Ren n'a pas hérité du pouvoir de ses parents, mais à la suite d'un incident il va rentrer en contact avec les fantômes de Shion et Mokuren. Désormais il fera tout pour connaître leur histoire...

Hisaya Nakajo

# Parmi eux

# – HanaKimi –

DISPONIBLE ÉGALEMENT EN ÉDITION COLLECTOR LIMITÉE :
– UN BLOC NOTES
– UN MAGNET

**Nombre de volumes : 23 (série terminée)**
**Code prix : TK 1**
**Genre : Comédie / Sentimental**

La supercherie a été éventée ! Les responsables de dortoir savent désormais la vérité sur Mizuki et cette dernière va devoir tirer les conséquences de ses actes : à la fin de l'année, elle devra quitter l'établissement et se faire à l'idée de ne plus partager sa chambre avec Sano. Mais avant, elle devra aussi éclaircir les choses avec ses amis les plus proches, comme Nakatsu !

Special A Vol. 1
S•A SPECIAL A by Maki Minami

First published in Japan in 2004 by HAKUSENSHA, INC., Tokyo
French language translation rights in France arranged with HAKUSENSHA, INC., Tokyo, through TOHAN CORPORATION, Tokyo


6, cité Paradis – 75010 Paris
Site internet : www.editions-tonkam.fr
E-mail : ecrivez-nous@tonkam.com

Traduction : Victoria Tomoko Okada
Adaptation : Julie Naruse
Lettrage et maquette : Éditions Tonkam

1re édition française : avril 2009

Achevé d'imprimer en Italie en mars 2009
Sur les presses de l'imprimerie Grafica Veneta - Trebaseleghe (Padova)
Dépôt légal : avril 2009

ISBN : 978-2-7595-0223-3
ISBN vol. original : 4-592-18131-X